德米安

埃米爾・辛克萊年少時的故事

徬徨少年時

Die Geschichte von Emil Sinclairs Jugend

Demian

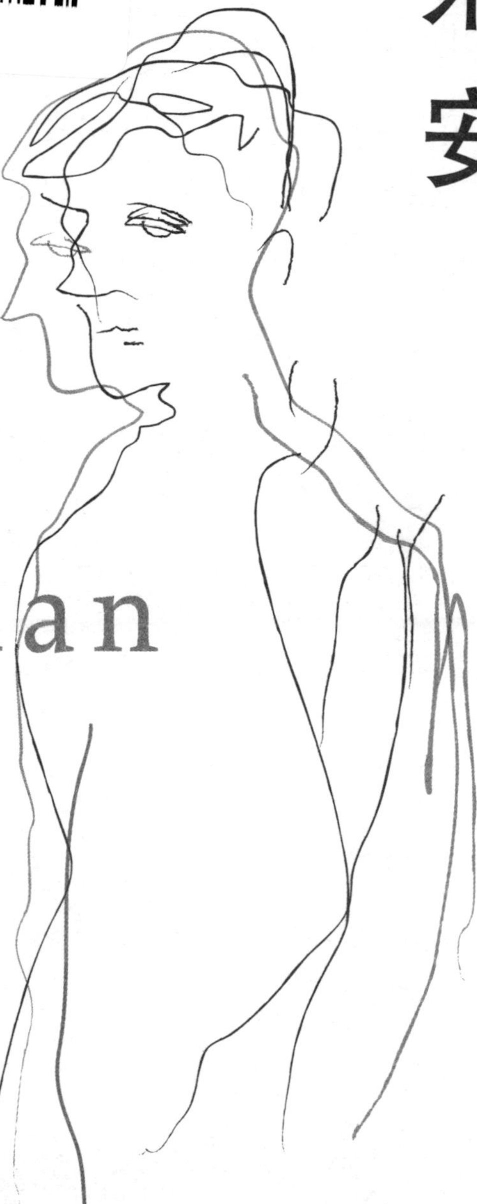

赫曼・赫塞 Hermann Hesse｜著
姜乙｜譯

導讀

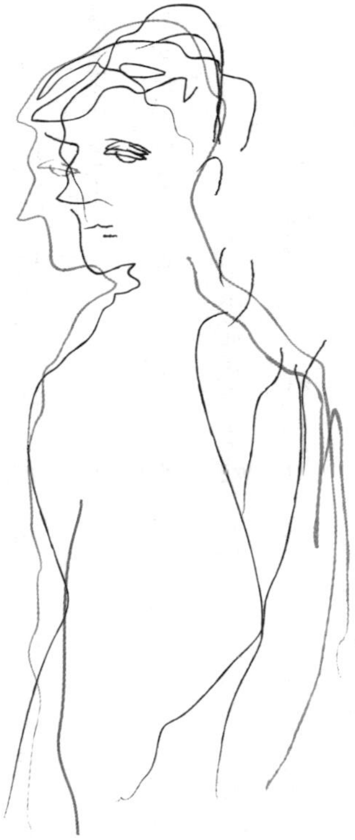

我還記得第一次讀《德米安》，是在某年入夏的時候。那年四月我剛滿十九歲，在加州大學洛杉磯分校（UCLA）的一間校園咖啡裡打工，賣賣食三明治、微波披薩、便宜的墨西哥雜煮，還有油亮亮的中國菜。之前我花了一整個學年讀英國文學，當時才剛下定決心投入電影表演這片波瀾起伏的汪洋，而表演學校是岸邊的潮池，我正新鮮地順著這條路前進。我沒有參加加州大學洛杉磯分校戲劇課程的面試，只好到谷區上課。在加州大學春季學期快要結束前，我決定把所有時間都投入表演。父母沒有反對，只說如果待在大學讀書就繼續金援我，但我要是想當個藝術家，就得靠自己了。

我到北校區的簡餐店打工，服務的學生都是我以前的同學。我的老闆是個研究生，他把頭髮幾乎剃光，只留下兩撮頭髮染成紅色，再用髮膠豎起兩個六英吋長的牛角。我叫他比爾。我記得我滿喜歡他的，即使只是因為在我經歷的老闆中，他的年紀跟我最相近，不過他終究還是老闆。打工是為了繼續我的電影演員夢（夢想的其中之一），而我的雇主看起來卻像個惡魔。

閒暇的時候我會讀各種劇作，像是出自奧尼爾（Eugene O'Neill）、田納西·威廉斯（Tennessee Williams）、蕭伯納（George Bernard Shaw）、易卜生（Henrik Ibsen）、契訶夫（Anton Chekhov）等任何有助於瞭解我所選擇的這份職業的作品。結果這份工作最折磨人的，並不是比爾一直盯著我在麵包上加肉、加芥末，或是從罐頭裡舀出墨西哥填餡辣椒（取決於那天是星期幾）；而是無聊。我現在明白，這份卑微的工作讓我學會了關於責任、專心投入與服務，但那個時候我有許多遠大的夢想。原本我離開學校是為了成為全世界最棒的演員，結果我卻在校園裡，服侍那些幾個月前邀請我參加兄弟會派對的同學。好像我往後退了五步。我離開一所名列前茅的大學，加入大部隊，試圖闖入以競爭激烈著稱的行業，期待獲得成功；這個事實常常看起來像是個傻瓜的追尋。

有個相框掛在披薩區隔壁的那面牆上，照片上是一個穿西裝、戴橄欖球頭盔的人，領著年老的馬龍白蘭度，穿過一群攝影師和看熱鬧的民眾。我非常確定，這張照片是在馬龍白蘭度的兒子涉嫌謀殺，接受審訊期間拍的。在我送那些廚餘一樣的菜給客人的時候，這張照片帶給我很大的啟發：馬龍白蘭度位在電影表演的頂端，他的照片提醒了我，想要成為這偉大傳統的一份子。

幾個月之後我讀起《德米安》。我不確定跟這是否有關，但某一天，毫無預警地，我把圍裙掛好，走出餐廳後門，就再也沒回來過。那天我原本是打算要上班的，一旦離開了，也不知道該去哪裡。

口袋裡是那本捲成一團的《德米安》，我往西木區[1]去，邊為自己剛剛做的事激動不已。快走出校園時碰到一個以前曖昧過的女同學，她正在草地上做太陽

1 Westwood，洛杉磯西區最繁華的區域，高樓林立。但此處應是指 Westwood Village，為緊鄰 UCLA 的大學城。（本書中有注釋除特殊標記外，皆為譯注。）

浴。我把剛發生的事告訴她，但她似乎沒聽進去。我感覺自己又遠離了循規蹈矩的生活一步，也往藝術自由更靠近了一步。不過跟這個女孩子說的時候，我覺得自己聽起來像一個把工作辭了的幼稚鬼。

在咖啡館裡，我再次一頭栽進《德米安》，感覺自己又被理解了。書中的敘述者艾米爾．辛克萊也在追尋。他在善惡間搖擺，在世俗期待與藝術道路間徘徊，似乎像面鏡子，映照出了我自己。正如《德米安》出版後長達九十年間的眾多年輕人一樣，我感覺赫曼．赫塞描繪出了我的內在與外在的各種掙扎。辛克萊有德米安引導向前，我卻還沒找到自己的藝術導師，所幸我有這本書作為替代。

《德米安》成了我的德米安，在我逐漸長大成人並進入藝術的世界中，試圖尋找自己的道路的時候，這成了一道讓我傾聽並深思的聲音。當然，前方的路布滿曲折——在麥當勞打工，拿到演員的工作，開始厭惡自己做過的大部分工作，擴展了藝術的視野（赫塞不僅是位作家，也是一位有名的畫家）——但閱讀《德米安》是重要的一步，引領我邁向一種與理想產生共鳴的生活。

詹姆斯・法蘭科[2]（James Franco）

（墨丸／譯）

---

2 詹姆斯・法蘭科（James Franco），美國著名演員，二〇〇一年以傳記電影《詹姆斯狄恩》獲得金球獎最佳男主角，二〇〇二年開始在《蜘蛛人》系列中扮演哈利奧斯朋而走紅全球，二〇一〇年主演《127小時》獲得奧斯卡金像獎最佳男主角提名。除了演員，他也是導演、製作人、詩人、藝術家、作家、老師，擁有四個碩士、兩個博士。二〇〇六年他重讀加州大學洛杉磯分校，攻讀英文與創意寫作，於二〇〇八年獲得學士學位，曾創下一學期修完不同系所總計六十二個學分的歷史紀錄。他不像一般的現代人所學只侷限在某個專業，而是像達文西一般博學多聞，多才多藝。因而被譽為現代「文藝復興男」。

我所想望的，
無非是試著依我自發的本性去生活。
為何如此之難？

前言

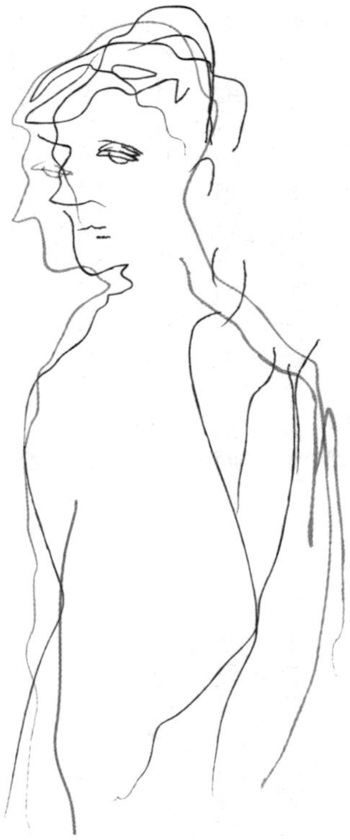

我的故事要從很久以前講起。如果可能，我還想追溯得更遠，直到我童年的最初歲月，甚至繼續追溯，直到我遙遠的祖先。

作家們寫小說時，往往樂於封自己為上帝，俯瞰和洞悉整個人類紀事，並像上帝本人那樣，透徹而本質地概述一切。這一點，我無法做到。作家們也很少能做到。但我的故事於我，卻比任何作家的故事對他們來說都更為重要，因為它是我自己的故事，是一個人的故事——不是虛構的人、可能的人、理想的人，或任何不存在的人，而是一個真實的人、獨一無二的人、活生生的人。什麼是一個真實的活生生的人？今人不僅比以往所知更少，今人還大量屠殺這些自然珍貴而獨特的造化。假如我們不是極為獨特，假如我們中的每個人，都確實能被一顆炮彈從世上徹底清除，那麼講故事就毫無意義。然而每個人又不只是他自己。每個人還是唯一的，特殊的，在任何情況下都極為重要、值得注意的點。在這個點上，交會著世界的表象，而每次交會，都是僅有的一次，絕不復來。為此，每個人的故事都重要、永恆、神聖。為此，每個人，只要他仍以某種方式活著，只要他履行自然的意志，他就是奇特的，他就配得上任何關注。靈魂在每個人身上成形。造物主在每個人身上受難。救世主在每個人身上被釘上十字架。

今天，很少人知道人為何物。很多人有所感悟，並因此死得從容。正如我，寫完我的故事後，也將從容死去。

我不會自封智者。我曾是探尋者，現在仍是探尋者。但我不再去星辰和書籍中探尋，而是開始學習傾聽我血液中呼嘯的教誨。我的故事並不讓人愉快。它不像虛構的故事那般甜美和諧。它有荒謬和迷惘的味道，瘋狂和夢境的味道。它的味道，就像那些不再想自我欺騙之人的生活的味道。

每個人的生命都是一條通向自我的路，是在路上的嘗試，是狹路上獲得的啟示。沒有一個人能成為完全的自己，但每個人都力爭成為自己，都盡其所能，成為昏庸的人，或明智的人。每個人都帶著他誕生時的殘渣，都背負著史前世界的黏液和蛋殼，直到生命的終點。有些生命永不成人。它是青蛙、蜥蜴、螞蟻。有些生命上身是人，下身是魚。但所有生命都是自然朝向人的造化。所有生命都有同樣的起源，都來自母親，來自同樣的深淵。每個生命都奮爭著，試圖從深淵中奔向各自的目標。人們彼此理解，但每個人，都只能解釋其自身。

兩個世界

Zwei Welten

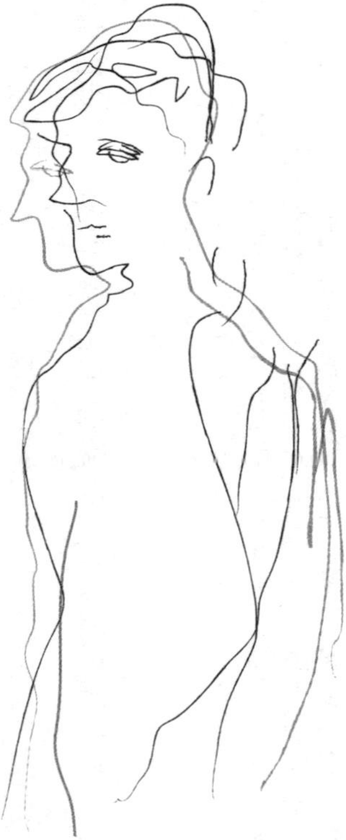

那時的蕪雜氣息撲向我，痛苦和愉快的戰慄撞擊我的心。

我的故事要從我十歲那年，還在小城中讀拉丁文學校[3]時的經歷講起。

那時的蕪雜氣息撲向我，痛苦和愉快的戰慄撞擊我的心。昏暗的街巷，明亮的屋宇、尖塔，鐘聲和一張張面孔。舒適愜意的房間，神祕靈異的房間，散發赤誠親密的味道，兔子和女僕的味道，備用藥品和乾果的味道。兩個世界融於一處。日與夜從兩個極點徐徐而來。

一個世界是我的父宅。它甚至窄小，只住著我的雙親。我對這個世界的大部分都十分熟悉。它意味著父親和母親，疼愛和嚴厲，榜樣和學校。柔和的光澤，清澈與潔淨屬於這個世界，還有溫存親切的交談，洗淨的雙手，考究的衣裝和

3【編注】拉丁文學校：德國雙軌學制始於十六世紀，拉丁文學校需研讀古代語言、神學、修辭學和辯學、歷史、自然科學等，德文學校（Deutsche Schule）則只要費一、二小時在學校裡學習讀寫、計算等基本技能，其餘時間都在家裡作工學手藝。十九世紀初洪堡教育改革後，拉丁文學校演變為古典人文學校，德文學校改為後文提到的公立學校。

良好的禮節。在這個世界中，我們在清晨祈禱時歌唱，我們慶祝耶誕節。有一條通往未來的筆直道路，有責任和過失、愧疚和告解、寬赦和善念、愛慕和敬意、《聖經》和箴言。這個世界需要守護，生活才能明淨純潔，美好有序。

另一個世界也始於我們家中，光景卻截然不同。氣味不同，語言不同，人們遵循和要求的不同。那裡有女僕和工匠，鬼怪故事和流言蜚語。它充滿無數令人難以置信又無法抗拒的可怕事物，神祕事物：屠宰場、監獄、醉漢和潑婦、分娩的母牛、跌倒的馬；偷竊、兇殺和自尋短見。到處都是既美妙又驚人，既野蠻又殘忍的故事。而毗鄰的街巷和房子周圍則遍布員警和流浪漢。醉鬼在打老婆，姑娘們紡織的線團從深夜的工廠滾落出來，老婦正在為施病行巫術。森林裡藏著強盜，鄉警抓捕了縱火犯——四處奔湧著這方暴躁世界的氣息，它幾乎無孔不入，卻唯獨沒有侵襲家裡那幾間我父母居住的屋子。這真是再好不過。多麼美妙，我們中間充滿和平、秩序、安寧，充滿責任和良知、寬恕和友愛——妙極了，另一個世界也無所不有。一切刺耳喧囂、黑暗暴力的事物盡在其中。從這個世界，我只要縱身一躍，就能逃回母親身邊。而奇異的是，這兩個世界竟如此緊密地相依相伴！比如我們的女僕莉娜，她晚上坐在門旁的起居室祈禱，用她嘹亮的歌聲和我們一起唱歌，洗淨的雙手放在平整的圍裙上。這時，她屬於我的父親母親，屬於我們。她生活在光明和正義中。但當她在廚房或馬廄裡講無頭侏儒的故事給我聽，或當她在肉鋪裡和鄰家婦人爭吵時，她卻變成了另一個人，屬於另一個世界。她被這個世界的祕密包圍。所有人皆是如此，尤其是我。我自然屬於光明正義的世界。我是我父母的孩子。但無論我望向哪裡，聽聞什麼，另一個世界都無法迴避。我生活在這個世界裡，儘管它於我十分陌生，時常讓我驚訝，儘管這個世界讓我感到不安和恐慌。偶爾，我甚至寧願待在這禁忌的世界，因為當我回歸光明——這種回歸既好又必要——我就像回到了乏味無趣又沉悶寂寞的世界當中。有時我知道：我生活的目標是成為父母那樣澄明純潔的人，謹言慎行，有條有理。但是要成為他們那樣的人，我還要走很長的路。我要上中學，讀大學，參加各種考試和測驗。走這條路總要經過一旁的黑暗世界。穿過它，很可能深陷其中，難以自拔。很多我酷愛的故事都提及失足少年的經歷。這些故事最終總以少年回到父親身旁，回歸光明世界作為救贖和慰藉。我完全知道這是唯一正確的、善意的、合乎希望的結局。但即便如此，故事中邪惡墮落的部分仍舊分外迷人。假如可以坦白地說出真話：失足者有時受到懲罰，重歸正途，簡直令人遺憾——但人們不會這麼說，也不會這樣思考。它只是以某種方式作為徵兆和可能，深藏於人的潛意識中。我想像的魔鬼可能就在樓下的大街上，喬裝一番或顯而易見，或者它在集市裡、客棧中，卻從來不會出現在我們家中。

我的姊妹們同樣屬於光明世界。我時常認為她們在天性上更接近父親和母親。她們比我優秀，更為得體，過錯甚少。她們也有缺點，也很頑皮，但那在我眼中並不算糟。她們不像我，離黑暗的世界更近，邪惡之物時常讓我倍感沉重，受盡折磨。姊妹們就和父母一樣，受人呵護和尊敬。誰若和她們爭執，事後必定良心難安，挑起爭端的人會懇求她們原諒。因為傷害了她們，就等於傷害了她們善良可敬的父母。有些祕密，我寧願告訴街上那些放浪的野小子，也不願和她們分享。儘管在一些心思舒暢的明媚時光，我也和姊妹們取樂，良善乖巧地和她們遊戲，看上去既規矩又高貴。因為要做個天使就非如此不可！這是我們所知的至高境界。我們相信最甜蜜最美妙的事莫過於成為天使，周身繚繞著光的樂音和類似聖誕與極樂的芬芳。哦，這是多麼難得的韶光！時常，我在和她們遊戲時，在一片和美中，因為衝動和魯莽惹她們不適，引發一場爭吵。如果她們遷怒於我，我竟會變得蠻橫無理，放蕩的言行甚至讓我自己在那一刻都心痛異常。我會在懊惱和悔悟中度過一段極為消沉的日子，隨後再痛苦地求她們原諒。這時，生活再度變得明亮。我又迎來一時或一瞬的幸福：平靜，感恩，毫無羈絆。

拉丁文學校的同班同學中，有市長和林務局長的兒子。我們偶爾混在一起。

他們雖然頑劣，卻依舊屬於規矩的世界。但我和鄰居的男孩們更為親密。他們在我們平日輕視的公立學校讀書。我的故事，就從他們中的一個男孩講起。

那是個自在的下午，我剛滿十歲不久，正和兩個鄰家男孩閒逛。這時一個大男孩朝我們走來。他大約十三歲，粗野，強悍。他是公立學校的學生，裁縫的兒子。他父親是個酒鬼，一家人聲名狼藉。我對他早有耳聞，他叫弗朗茨·克羅默。我怕他，並不情願他加入我們。他已經是一副成人做派，言談舉止模仿工廠裡年輕的工人。他把我們引到橋邊的河岸，讓我們窩在一個橋洞裡。狹長的河岸位於拱橋壁和緩緩的水流間，岸上布滿瓦礫、廢料、亂作一團的生銹鐵絲和其他垃圾。偶爾，這裡也能找到有用的東西。弗朗茨·克羅默命令我們翻找，並把我們發現的拿給他。有些東西被他一把奪走，有些則直接被他扔進河裡。他讓我們留意鉛、銅、錫製成的玩意兒，這些他都要，甚至一把舊牛角梳他也留著。和他在一起我感到壓抑。不光是因為我心裡清楚，我父親如若知道此事，不會允許我和他們往來，而是因為我對他感到害怕。我竊喜他並未對我另眼相看。儘管我和他初次相見，但他下命令，我們照辦，似乎成了老規矩。

之後我們坐在地上。弗朗茨像個男人一樣朝河裡吐口水。他的口水從牙縫裡肆意噴向他想噴的方向。接著我們開始閒談。男孩們紛紛炫耀和吹噓他們在學校裡的英雄行徑或卑劣的惡作劇，我沉默不語，卻又擔心我的沉默引人不快，讓克羅默惱怒。我的兩位同伴從一開始就背離了我，站在他那邊。在他們中間，我是個異類。我的衣著和舉止對他們來說是一種挑釁。弗朗茨不可能喜歡我這樣一個在拉丁文學校讀書的紳士的兒子。而另外兩個男孩，我清楚，他們一有機會就會諷刺我，羞辱我。

完全出於恐懼，我也開口講了起來。我編造了一個誇張的盜竊故事，把自己說成故事中的英雄。埃克磨坊附近有一座花園。我說。我和一個同學曾趁天黑，偷了那裡的一整袋蘋果。不是普通的蘋果，是上等的萊茵特蘋果和金帕爾美蘋果。那一刻，我竟因為害怕，逃遁到故事中，而編故事、講故事我都十分擅長。為了不讓故事結束，陷入可能更糟的局面，我使出渾身解數。一個人從樹上扔蘋果時，另一個人負責放哨。我繼續說。結果袋子太重，我們只好把袋子重新打開，留下一半蘋果。不過半個小時後，我們又回去把剩下的蘋果取走了。

講完以後，我希望我的故事能得到他們的些許讚賞。我沉醉在我臆想的故事中渾身發熱。兩個小男孩默不作聲，望向弗朗茨．克羅默。後者則瞇著眼睛看我，似乎要把我看穿。他威脅著問：「是真的嗎？」

「是真的。」我說。

「確實是真的？」

「是。確實是真的。」我心跳得厲害，幾乎窒息，但嘴上仍執拗地保證。

「你敢發誓？」

我害怕極了，馬上答應。

「那你說：以上帝和天國的名義！」

我說：「以上帝和天國的名義。」

「行吧。」說著，他移開目光。

我想，這件事已順利地過去。他很快起身，朝回去的方向走去。我心裡一陣高興。走到橋上時，我戰戰兢兢地說，我得回家了。

「別急啊！」弗朗茨大笑起來，「我們同路。」

他慢騰騰地向前踱步。我不敢溜走。不過他的確走向我家的方向。快到家時，我看見家的大門，看見門上厚重的銅把手，看見窗子上的陽光和母親臥室的窗簾，不由得深吸了口氣。哦，回家！多麼美好幸福，回到光明與和平中！

我迅速開門，鑽進門去。正準備關門時，弗朗茨·克羅默卻跟著我擠進門來。門廊處冰冷幽暗，只有一束光從後院照進來。他緊貼著我，抓著我的手臂，輕聲說：「別著急，你這傢伙！」

我看著他，嚇得渾身哆嗦。他抓著我手臂的手就像鐵鉗。我心想，他到底要幹什麼，會不會傷害我？假如我現在大喊，我想，高聲大喊，是否會有人馬上來救我？但我還是沒那麼做。

「你這是，」我問，「要幹什麼？」

「我不幹什麼。我就是有事問你。別人沒必要知道。」

「哦，你，你想問什麼？你看，我得上去了。」

「你應該知道，」弗朗茨輕聲說，「埃克磨坊旁邊的果園是誰的！」

「不，我不知道。我想，是磨坊主的。」

弗朗茨一把摟住我，湊近我，和我臉對臉。他目光邪惡，笑得下流，臉上布滿殘忍和脅迫。

「沒錯，親愛的。我可以告訴你誰是果園的主人。我早就知道偷蘋果的事。我還知道，我要是告訴果園的主人是誰偷了蘋果，還能從他那裡得到兩馬克。」

「天哪！」我驚叫道，「難道你要去告訴他？」

我意識到，我不能指望他的廉恥之心。他來自另一個世界。出賣別人對他來說並非罪過。我很清楚，在這件事上，「另一個世界」的人與我們不同。

「不告訴他？」克羅默笑道，「我親愛的朋友，你以為我是個造假幣的，自己能造出兩馬克？我是個窮鬼。不像你，有個有錢的爸爸。要是能賺到兩馬克，我肯定去賺。說不定，他還能給我更多。」

說著，他猛地鬆開我。家的門廊不再洋溢靜謐與安寧。我的世界崩塌了。他會去告發我。我是個罪犯。我父親也會知曉此事。員警或許會來抓我。混亂不堪的恐懼感圍剿我，所有醜惡危險之事朝我襲來。我沒有偷竊，這根本不重要，誰叫我曾經發誓！我的上帝！上帝！

我哭了出來。我想，我必須贖回我的誓言。我絕望地摸著口袋。沒有蘋果，沒有刀，什麼也沒有。我突然想起我的手錶。它是我祖母的遺物，一塊舊銀錶，已經不走了，我只是裝模作樣戴著它。我馬上把它摘下來。

「克羅默，」我說，「聽我說，別去告發我。這樣做不好。你看，我把我的錶給你。可惜我除了它什麼也沒有。你留著它，是銀的，不錯的錶。雖然有點小毛病，但修修就好。」

他笑起來，用他的大手抓過錶。我看著他的手——它那麼粗魯，對我懷著那麼深刻的敵意，就像要奪走我的性命與安寧。

「它是銀的……」我膽怯地說。

「你的銀貨和破錶對我一文不值！」他極其鄙夷地說，「你自己拿去修吧！」

「但是，弗朗茨，」我怕他就這麼走掉，用顫抖的聲音喊道，「等等！拿著這塊錶！它真是銀的，千真萬確。我沒有別的了。」

他冷漠而不屑地看著我。

「你知道我會去找誰。我也可以把這件事告到警察局。警官跟我很熟。」

他轉身要走。我一把扯住他的袖子。這可不行。如果他真去告發我，那我寧願死，也不願承受隨之發生的一切。

「弗朗茨，」我嚇得聲音嘶啞，哀求道，「別做傻事。這只是個玩笑，是不是？」

「是，是個玩笑。可這個玩笑對你來說有點貴。」

「告訴我，弗朗茨，我該怎麼做！我什麼都答應你。」

他又瞇起眼睛，上下打量我，笑了起來。

「別裝傻！」他假惺惺地說，「你和我一樣清楚。我能賺到兩馬克，而我不是個看不起兩馬克的有錢人。這你懂。可你是有錢人。你甚至還有塊錶。你只要給我兩馬克，這事就一了百了。」

我明白了他的意思。可是兩馬克！兩馬克對我來說跟十馬克、一百馬克、一千馬克是一回事。我沒有錢。我媽媽那裡有一個我的存錢罐，裡頭是親友們來訪時給我的五分十分硬幣。此外我一無所有。在那個年紀，我還沒有零花錢。

「我一分錢也沒有。」我憂傷地說，「我根本沒錢。其他東西我都可以給你。我有一本印地安人故事書、幾個錫兵，還有一只羅盤。我這就拿給你。」

克羅默無恥而邪惡地撇撇嘴，一口唾沫吐到地上。

「少廢話！」他命令道，「你那些破爛，你還是自己留著吧。羅盤！你別開我玩笑。你聽著，我要錢！」

「可我沒錢。我父母從不給我錢。我給不了你！」

「那就這麼辦：明天，你把兩馬克給我。放學後我在集市等你。拿錢了事。你要是不拿錢來，那你就等著瞧！」

「好。可是我去哪裡弄錢？天哪！我明天要是沒錢……」

「你家裡有的是錢。這是你的事。明天放學見。我告訴你：你要是不帶錢來……」他兇惡地瞪著我，又吐了口唾沫，接著幽靈般消失無蹤。

我的生活毀了。我甚至無法移步上樓。我想從家裡逃走，再不回來，或者我去投河。可這畢竟是些懵懂的心思。我坐在樓梯第一級臺階上。黑暗中，我痛苦地縮成一團。這時，莉娜提著籃子下樓取柴火，看見我正在嗚咽。

我求莉娜不要把她看見的告訴別人，之後我走上樓梯。玻璃門邊的掛鉤上掛著父親的帽子和母親的陽傘。它們家園般溫柔的氣息撲面而來，我帶著懇切而感恩的心向它們致意，就像浪子歸家，聞見家的味道。可這一切不再屬於我。光明來自父母的世界。我已深陷邪惡陌生的洪流，捲入罪孽和險境中，被人恐嚇。危險、驚嚇和恥辱等著我。帽子和陽傘，古老優良的沙石地板，走廊櫃子上的大幅畫作，起居室傳來的姊妹的低語，這一切都比以往更可愛、更溫情、更珍貴，但它們不再安慰我，不再是我的財富，而是對我的大聲斥責。它們不再是我的，我再也不能分享家裡的明媚與安靜。我腳上的污泥在地毯上無法抹淨。他們還不知道，我已把一片陰霾帶回家中。我曾有過許多祕密、許多憂慮，它們和我今天帶回家的陰霾相比，簡直是玩笑和遊戲。命運在尾隨我，無數雙手伸向我，甚至母親也無法保護我，因為我根本不能讓她知道這一切。無論我是竊賊還是騙子（難道我不是以上帝和天國的名義起了誓？）——都是一回事。我的罪孽不是偷竊或說謊。我的罪孽是我把自己交付給了魔鬼。我為什麼隨他們走？為什麼聽命於克羅默更甚於聽命於我的父親？我為什麼扯那些偷蘋果的鬼話？吹噓自己犯罪，就像吹噓英雄行為？魔鬼現在握著我的手。敵人就在我身後。

有一刻，我不再懼怕明天，而是懼怕我必然的墮落和即將步入的深淵。我清楚地意識到，我的過錯將引發更多過錯。我現身姊妹面前，我對父母的問候和親吻都將成為謊言。我將向他們隱瞞我的命運和祕密。

又有一刻，我心中升起一絲信任和希望：當我望向父親的帽子，我想向父親訴說一切並接受他的審判和懲罰，讓他成為我的同謀和救星。說不定那只是一次懺悔，就像從前經歷的許多次一樣：一段艱難苦澀的日子，一次沉重而充滿悔意的乞求原諒。

想來多麼甜蜜動聽！多麼美妙誘人！可我不會。我知道我不會那麼做。我知道，我現在有一個祕密，有一個必須獨自咀嚼的罪責。或許我現在正處於十字路口，或許從這一刻起，我將永遠、永遠地成為罪惡世界的一員。分享惡人的祕密，依賴他們，服從他們，成為他們。現在，我必須吞噬我扮演男人和英雄的惡果。

進門時，父親只注意到我弄濕的靴子，並沒察覺出發生了糟糕的事。這讓我寬慰。我欣然接受了他的責備，並偷偷把這一責備轉移到那件事上。這時，一種新奇的感覺在我心中滋生，邪惡和刻薄偷擾我：我竟然覺得自己超越了父親！那一刻，我蔑視他一無所知。他責備我打濕了靴子，不過是鼠目寸光。「你知道什麼！」我想。我像個罪犯，殺了人，卻只被人嘲笑偷了一小片麵包。這種醜陋又叛逆的心緒，強烈而深刻地刺激我。它比任何一個心思都更牢靠地把我的祕密和罪過桎梏在一起。或許，我想，克羅默現在已經去了警察局，告發了我。就在家人還視我為孩子時，一場風暴正在醞釀著襲擊我。

在我講述至此的故事中，這一刻至關重要，難以磨滅。父親頭頂的光環第一次出現斷痕。第一次，我童年棲息的支柱現出截裂。而每個要成就自我的人，都要毀掉這個支柱。在這些無人知曉的經歷中，存在著我們命運中最內在、最基本的紋理。斷痕和截裂會重新彌合，會痊癒，被遺忘，但在我們心中最隱祕的角落，它卻繼續生活著，流著血。

我馬上對這種從未有過的感受感到害怕，甚至想立即跪下，親吻我父親的雙腳，求他原諒。但孩子和任何智者一樣知曉，重大的過錯，根本無法求得原諒。

我本該考慮我的事，思量如何應付明天，但我做不到。整個晚上，我都在起居室中適應著非同往日的氣息。壁鐘和餐桌，《聖經》和鏡子，書架和牆上的畫，似乎都在和我告別。我心灰意冷地看著我的世界和我美好幸福的生活如何遺棄我，如何成為往昔；感受著我新長的、喘息的根莖，如何牢牢地在外面的黑暗與陌生中紮根。第一次，我品嘗了死亡的味道——死亡是苦澀的。死亡是分娩，是對可怕新生的恐懼和憂煩。

終於躺在了床上，我鬆了口氣。之前的晚禱就像最後的煉獄般折磨我。大家唱起了那首我最愛的聖讚歌。啊！我沒有跟著唱，每個音符都像苦膽和毒藥。我也沒跟隨父親祈禱，當他念誦最後的禱詞「——與我們同在！」時，一陣抽搐將我從祈禱的氛圍中拽走。上帝的恩典與他們同在，不再與我同在。我疲憊不堪地悻悻離去。

躺下片刻，床上的溫暖和安謐愛撫著包圍我。我那顆恐懼的心再次陷入紛亂。我又為那件事焦慮不安。母親一如往常，來和我道晚安，又走出去。她的腳步聲還迴響在屋內，她手中的蠟燭還透過門縫發著光。現在，我想，她要是回來——她覺察什麼，回來吻我、詢問我，慈愛而殷切地問候我，我就會哭出來，我喉嚨中的石頭就會熔化。我會抱住她告訴她一切，之後一切會再度修好，我的救恩就會來臨！門縫中的亮光已陷入黑暗，可我依舊屏息凝神，相信一切必定、必定會發生。

隨後，我重又回到那件事上，直面我的敵人。我清楚地看見他半瞇著一隻眼睛，放肆地咧嘴笑著。我看著他，一種無法掙脫的宿命感吞噬我的心。他的臉越變越大，越變越醜，他邪惡的雙眼閃著魔鬼的光。他緊貼著我，直至我睡去。我沒有夢見他，沒有夢見今天的事，卻夢見我們坐在一艘船上，父親、母親、姊妹們和我。我們被假日純粹的愜意和光照包圍。半夜時分，我醒了過來，依舊能感覺到幸福的餘韻，依舊能看見姊妹們白色的夏日衣裙在陽光中閃閃發光，接著我又從天堂墜入方才的驚慌，面對敵人邪惡的雙眼。

一早，母親匆匆進屋，埋怨我這麼晚還躺在床上。我看上去很糟。她問我是否不舒服時，我竟嘔吐起來。

這似乎是種僥倖。我喜歡生點小病。可以喝著甘菊茶，一整個上午消磨在床上，聽隔壁母親整理的聲音，聽莉娜在走廊與賣肉的對話。不用上學的上午令人心醉，就像一頭栽進童話世界。陽光不像在學校，被綠色的窗簾遮擋，它飛舞著，照進房間。但即便這樣，今天的味道和聲音也無法取悅我。

啊，我要是死了多好！可我只是稍有不適。它稀鬆平常，不會把我怎樣。雖然為此可以不去上學，但不會幫我迴避克羅默。他十一點會在集市等我。這一次，母親的慈愛不僅不能安慰我，反而成了累贅和痛苦。很快我又躺下身思酌。誰也幫不了我。十一點，我必須趕到集市。十點鐘，我輕輕起身，說自己已經好了。這種情況下，我一般要麼被要求回到床上，要麼下午得去上學。我說，我想去上學，心裡盤算著我的計畫。

我不能不帶錢就去見克羅默。我必須把我的存錢罐弄到手。我知道裡面的錢不多，遠遠不夠。但就我的判斷，有錢總比沒有好，起碼可以安撫一下克羅默。

我穿著襪子輕聲溜進母親的房間，從書桌上拿走我的存錢罐。我心情很糟，但似乎比昨天要好些。我心跳得厲害，就像被人卡著脖子。更糟的是，跑到樓梯間，我才敢查看存錢罐，竟發現它上了鎖。弄壞它很簡單，只要捅破一層薄薄的鐵網就行，但它卻刺痛了我的手。我就這樣成了賊。從前我只偷吃過糖和水果，現在我偷了錢，儘管是我自己的錢。我感到自己離克羅默和他的世界更近了，我正眼睜睜地一步一步沉淪下去。但願魔鬼帶走我！我已無路可回。我緊張地數著錢，明明是滿滿一罐，但拿在手上卻少得可憐，只有六十五芬尼。我將存錢罐藏在門廊，手裡攥著錢，任何時候都沒像現在這樣，走出了家門。樓上似乎有人喊我，我並未理會，快步離開家。

還有些時間。我心事重重地繞道穿梭在巷子裡。我走在從未見過的滾滾濃雲下，城市似乎變了樣。所有我經過的房子都在審視我，所有我遇見的人都在猜忌我。半路上，我突然記起，有個同學曾經在牲口市場上撿到一枚塔勒。我真想祈求上帝創造一個奇蹟，讓我也能撿到什麼。但我無權祈禱。就算我祈禱，存錢罐也不能再度完好。

弗朗茨．克羅默老遠就看見了我，但他卻踱步朝我走來，就像根本沒注意到我的存在。走到我身邊時，他使了個眼色，命令我跟著他。接著他頭也不回，大搖大擺地朝麥秸巷下坡走去。過了人行橋，他徑直走到城邊一棟新建的房子前站住。這裡沒人施工，光禿的牆面上還沒裝好門窗。克羅默四下望了望，走進門洞。我也跟了進去。他站在一面牆後，示意我靠近他，接著伸出了手。

「帶錢了嗎？」他冰冷地問。

我攥著錢的手從口袋裡抽出，顫抖著把錢放到他攤開的手上。最後一枚五分硬幣和其他硬幣撞擊的聲音還沒消散，他就數完了錢。

「六十五芬尼。」他盯著我說。

「是的。」我瑟縮著，「我只有這麼多。太少了，我知道。但這是我所有的錢，多一分也沒有。」

「我以為你挺能幹。」他換成一種近乎溫和責備的口吻，「咱們君子辦事講究規矩。你覺得不妥，我分文不取。這你明白。拿走你的這幾個鎳幣！另一位——你知道是誰——他可不跟我還價。他實數支付。」

「可我只有這些！多一分也沒有。我存的錢都在這裡。」

「這是你的事。不過，我也不想難為你。你還欠我一馬克三十五芬尼。我什麼時候能拿到？」

「哦，你一定會拿到，克羅默。我現在還不知道——可能我很快就有了，明天，或後天。你知道，我不能把這件事告訴我父親。」

「這跟我無關。我不是想存心害你，否則中午之前我能拿到錢。你看，我是窮人。你穿著好衣服，你中午吃得比我好，但我不想說什麼。再等等你，我不介意。後天下午，我一吹口哨，你拿錢了事。你聽得出我的口哨聲吧？」

他向我吹了一聲。我常聽見這聲音。

「能，」我說，「我能聽出來。」

他走了，就像不認識我一樣。我們之間除了交易，什麼也沒有。

就算在今天，我想，假如我突然聽見克羅默的口哨聲，我還是會感到害怕。打那以後，我總是不斷聽見他的口哨聲。無論我在什麼地方，做什麼遊戲，幹什麼活計，思考什麼，他的口哨聲都在耳畔縈繞。它讓我對它上癮。它成了我的命運。在溫暖絢麗的秋日下午，我時常喜歡待在我們的小花園裡，興沖沖地重溫一種古老的孩子遊戲。我玩得就像個比自己年幼，依舊善良、自在，依舊天真無邪而受到保護的孩子。可克羅默的口哨聲總是不知從什麼地方，如期又意外地打斷我的遊戲，毀滅我的幻覺。而我只好離開花園，跟隨這個折磨我的人去邪惡醜陋的地方。我必須向他一五一十地坦白，並任由他勒索。就這樣，幾周過去了，我感到度日如年，甚至覺得這樣的日子看不見盡頭。我難得弄到錢。有時能從莉娜放在廚房桌上的菜籃中偷到五個或十個芬尼。克羅默每次都會鄙夷地責罵我。我成了那個欺騙他的人，侵犯他權利的人。是我偷了他的東西，是我令他不幸。生活中，我從未深陷過如此境地，從未如此失魂落魄，內心如此絕望。

我把塞滿遊戲幣的存錢罐放回了原位。沒人問起此事。但即便這樣，我依舊每天擔驚受怕。比克羅默粗野的口哨聲更讓我戰慄的是母親，當她悄悄走向我——難道她不是來問我存錢罐的事？

由於我多次兩手空空出現在惡魔面前，他竟開始以其他方式折磨我，利用我。我必須為他做事。他父親派他辦的事情，他要我替他處理。他還故意刁難我，讓我單腿跳十分鐘，或讓我把紙屑黏在路人的大衣上。在許多夜晚的夢中，他繼續折磨我，夢魘中我時常驚出一身冷汗。

我病了一陣子。經常嘔吐，發冷。夜裡又出汗發熱。母親感覺我哪裡不對，對我疼愛有加。但她的疼愛對我只是折磨，因為我不能以坦誠來回報她的疼愛。

有天晚上，我已經躺下，母親拿來一塊巧克力。這是我小時候的習慣，如果我表現良好，晚上睡前總能得到這樣的獎賞。她站在床邊，手裡拿著巧克力。我心痛得只能搖頭。她問我想要什麼，並愛撫我的頭髮時，我衝口而出：「不！不！我什麼都不要。」她只好把巧克力放在床頭櫃上，走了出去。過幾天，當她又問起此事時，我只能假裝不知。有一次，她請來了醫生。檢查之後，醫生開了處方，讓我每天早上洗涼水澡。

那段時間我近乎精神錯亂。在寧靜有序的家中，我像個遭受蹂躪又膽戰心驚的幽靈。我從不關心他人的生活，時刻被自己的事困擾。面對父親經常的責問，我也總是沉鬱而冷淡地應對。

該隱
Kain

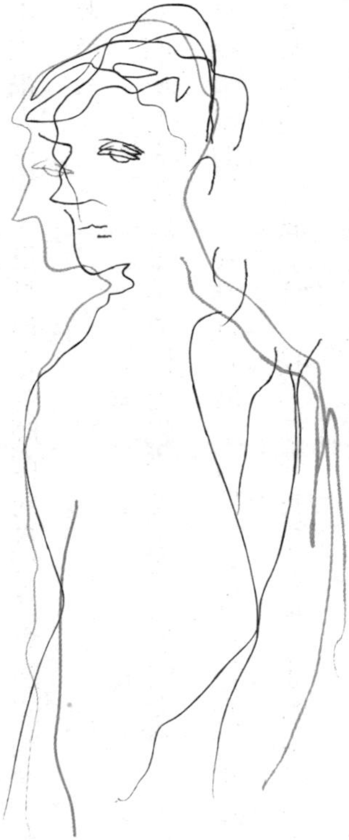

世上再沒有什麼別的，比走那條通往自我的道路，
更讓人愁煩！

我的苦難出人意料地獲得了救恩。一些新事物也惠臨我的生活，對我影響至今。

不久前，學校裡來了個插班生。他是個富裕寡婦的兒子，剛搬進城，袖子上還別著喪章。他進了高我一級的班，卻大我好幾歲。像其他人一樣，我很快注意到他。他很獨特，看起來比實際年齡大。見到他的人不會認為他是個孩子。在我們這群稚氣小兒中，他舉止異樣、成熟，像個男人，更像位紳士。他並不合群，既不參與遊戲，也不跟人打架。只是他在老師面前自信又果斷的態度引人讚賞。他叫馬克斯·德米安。

有一回，另一個班的人出於某種原因，也坐進了我們班的大教室。這在學校時有發生。來的是德米安的班。我們低年級上《聖經》課。他們高年級寫作文。老師正灌輸「該隱和亞伯」的故事時，我不斷望向德米安。他的臉特別吸引我：聰慧、清醒，極為冷靜又不失活潑。他正專注地伏案寫著，看上去不像個正在做作業的學生，倒像位鑽研學問的學者。我對他並不感到親近，相反，我有些抵觸他。他太優越，太冷漠。他天生的自信是對我的挑釁。而他的眼睛，流露出成人神色——孩子們絕不會喜歡的神色——有些憂傷，略帶嘲諷。可無論是出於喜愛還是厭惡，我都無法不看他。有一次他偶爾抬頭看見我時，我竟惶恐地立即收回目光。假如今天的我回憶他當年還是個學生的樣子，我會說：他任何方面都與眾不同。他因為獨特，因為烙著完全個人的印記而引人側目——可他所做的一切都在迴避他人的目光。他的衣著和儀態，就像位混跡鄉野學徒中喬裝的王子，極盡所能地讓自己和眾人看上去一致。

放學路上，他走在我後面。其他人四散後，他走上前，和我打了招呼。他的問候，儘管模仿學生的口吻，卻既成熟又禮貌。

「我們一起走一程好嗎？」他友好地問。我趕緊諂媚地點頭，隨後告訴他我的住處。

「哦，那裡。」他微笑著說，「我認識那幢房子。你家正門上鑲了個奇特的東西。我第一眼看見就很感興趣。」

我沒能馬上明白他的意思，但他似乎比我更瞭解我家，這讓我驚訝。他指的大概是拱門上的拱心石。一枚在歲月中磨平又經過多次粉刷的徽章。據我所知，這枚徽章跟我的家族並無淵源。

「我不知道。」我羞澀地說，「是隻鳥，或者說形狀像鳥。它應該很古老。這幢房子以前歸一家修道院所有。」

「有可能。」他點點頭，「你應該仔細看看！這種東西通常很有意思。我想，它是隻雀鷹。」

我們繼續往前走。我有些拘謹。德米安卻突然笑起來，就像想起了什麼滑稽事。

「對了，我聽了你們上課。」他熱情地說，「該隱的故事。他額頭上的記號。不是嗎？你喜歡這個故事嗎？」

不，被迫學的東西我很少喜歡。可我不敢這麼說，因為我感到自己正和一個成人交談。我說，我很喜歡這個故事。

德米安輕拍了我的肩膀。

「你不必在我面前偽裝，親愛的。但這個故事的確奇特。我想，它比課堂上聽來的大多數故事都更為奇特。老師對這個故事並沒解釋太多。他不過是講了些通常意義上的上帝、原罪，等等。但我想……」他突然停住，笑著問我，「你樂意聽嗎？」

他接著說：「是的。我認為該隱的故事可以另作解釋。老師教的大多數知識無疑非常真實準確。但我們也可以用有別於老師的方式，審視這些知識。這樣一來，大部分知識會更有意義。比如該隱和他額上的記號。對此，老師的解釋並不令人滿意。你不覺得嗎？爭執中，一個人打死了他的兄弟，這的確可能發生。

事後，這個人感到害怕，服了軟，也有可能。但他因為膽怯，被特別賜了一枚勳章，以庇護他，震懾旁人，這就十分古怪。」

他拍拍我的肩膀。

「的確，」他的話引起我的興致，「但是，如何對這個故事另作解釋呢？」

「非常簡單！『記號』是這個故事得以開始的根本。有個男人，臉上有某種令人害怕的東西。人們不敢接近他。他和他的後裔都令人生畏。他額頭上也許，應該說肯定，不會真有個像郵戳一樣的記號。這麼簡陋的故事生活中少有發生。確切地說，那個幾乎無以捉摸的陰森『記號』，可能是他目光中異於常人的精神與魄力。這個人擁有令人畏懼的力量。他有個『記號』。這個『記號』可以任人解釋。而『一些人』總是傾心於那些讓他們舒適的解釋。人們懼怕該隱的後裔。他們有個『記號』。人們不把這個記號如實地解釋為殊榮，相反，人們說，有這種記號的人叫人毛骨悚然。不過這些人確實如此。有勇氣和個性的人，在他人看來總是駭人。這種具備無畏又駭人特質的人四處行走，讓人極為不適。於是人們給這種人起綽號，杜撰寓言。為了報復他們，也為稍許掩飾自己流露的恐懼……你懂嗎？」

「這……你的意思是……該隱根本不是壞人？《聖經》裡的這個故事根本不是真的？」

「是也不是。這些久遠古老的故事總是真的。但人們的記載和解釋，卻不總是如其所是。簡單說來，我認為，該隱是個卓越的人。人們因為怕他，才編出這種故事。這個故事是謠言，就像人們四處嚼舌的傳聞。但有一點是真的，該隱和他的後裔的確擁有某種『記號』，有別於大多數人。」

我極為震驚。

「那你認為，殺人的事也是假的？」我急切地問。

「不！這絕對是真的。強者殺了弱者。但這個弱者是否是他親兄弟，值得懷疑。這不重要，人類終歸都是弟兄。也就是說，一個強者打死了一個弱者，可能是種英雄行為，可能不是。無論如何，其他人，那些弱者，現在極為恐慌。他們怨聲載道。但若有人問：『你們為什麼不乾脆也打死他？』他們卻不說：『因為我們是懦夫。』而是說：『不行。他有個上帝立的記號！』這大概就是騙局的形成。——哦，我耽擱你回家了。再見！」

說著，他拐進老巷。留下我獨自一人，驚詫異常。可他剛走，他的話就顯得匪夷所思！該隱是個高貴的人。亞伯是個懦夫！該隱的記號是枚勳章！荒謬。簡直是對上帝的褻瀆，是罪過。那樣的話，親愛的上帝在哪裡？他難道不是看中了亞伯的供物，中意亞伯？——不，一派胡言！我猜德米安想取笑我，引我步入歧途。他真是個可惡的機靈鬼，還能說會道。可是……不——

我從未像現在這樣深思過《聖經》故事或任何別的故事。況且我一直無法徹底忘記弗朗茨‧克羅默——哪怕幾個小時，一個夜晚。回家後，我又翻開《聖經》，讀了一遍該隱的故事。它寫得既簡短又清晰。要想從中發現特殊而隱祕的含義，只能是癡心妄想。如果照他的解釋，每個兇手不是都能自稱上帝的寵兒！不，荒唐。只是德米安的講述引人入勝，輕盈悅耳，就像一切都理當如此。再加上他那雙眼睛！

我的生活的確陷入混亂。我甚至魂不附體。我本來生活在光明純潔的世界，是個亞伯，可現在，我卻淪為「另一人」，深陷其中，難以自拔，而我對此竟毫無辦法！該怎麼辦？這時一段記憶驟然浮現眼前，我幾乎窒息。那個褻瀆的夜晚，我如今不幸的開端，在父親面前，我竟自認看透了他，看透了他的世界和他的智慧，到了鄙夷的地步！是的，那時我成了該隱，被立了記號。我自負地認為這個記號並非恥辱，而是榮耀。我竟因我的惡毒和災禍，淩駕於父親，淩駕於善和虔誠之上。

那晚事發當時，我尚未擁有這般清晰的思考，但一些念頭已經存在，儘管它當時只是許多感受和古怪衝動的爆發，灼痛我，又讓我感到自豪。

當我想到…… 德米安對勇者和懦夫的看法多麼特殊！他多麼奇異地解釋了該隱額上的記號！他的眼睛，他那雙成熟而散發異象的雙眼中，閃爍著多麼獨特的光！一個模糊的想法閃過腦海：難道他自己，德米安，不就是該隱嗎？如果他沒有和該隱相似的感受，他何以替該隱辯護？他的目光何來那種力量？他為何嘲笑「其他人」，嘲笑懦夫，難道這些人不正是那些真正虔誠、真正受到上帝悅納的人？

我怎麼都想不通。紛亂的思緒像塊石頭掉進井裡，而這口井，是我年輕的靈魂。那之後許久，該隱的故事，他殺死亞伯，他額上的記號，成為我走向探尋知識，走向懷疑和批判的起點。

我發現學校裡的學生們都在揣測德米安。儘管關於該隱的事，我沒和任何人提過，但德米安似乎引起了他人的興趣，至少圍繞這位「新來的」學生，傳聞很多。假如我聽過所有傳聞，興許每一則都是一束投向他的光，每一則都令他更具深意。但我只知道最初人們說，德米安的母親非常富有。有人說她從不去教堂，她兒子也不去。他們是猶太人。有人甚至說，他們暗地裡是穆斯林。其他虛言則指涉馬克斯．德米安的強壯。據說他們班裡的一個厲害角色曾約他打架，被他拒絕後罵他是懦夫，結果被他打得羞愧求饒。在場的人說，德米安一隻手就按住了他的後頸，用力一擰，那個孩子頓時臉色煞白，隨之逃走，幾天都無法活動手臂。有個晚上，大家甚至傳說，那個男孩死了。傳言沸沸揚揚，大家都信以為真，既興奮又驚嘆。接下來似乎安靜了一陣子，但很快，學生間又生出新的傳言。知情人稱，德米安擅長跟女孩交往，這方面他「樣樣在行」。

在此期間，我和弗朗茨．克羅默的事依舊不可避免地延續著。我無法擺脫他。即使他幾日不來侵擾我，我還是逃不出他的魔爪。他像我的影子，活在我的夢中。他在夢中幹盡了他在現實中不曾對我幹過的惡事。夢的幻象中，我徹底成了他的奴隸。我活在夢中——我向來是個造夢人——更多於棲身現實。夢的陰霾奪走我的力量和活力。而我最常夢到的是克羅默虐待我。他朝我吐口水，用膝蓋壓著我。最卑劣的是他唆使我犯下重罪——確切地說不是唆使，而是他以他的強悍逼迫我犯罪。那是所有夢中最可怕的一幕！醒來時，我幾乎發瘋。我夢見我殺了我的父親。克羅默磨了把刀，遞給我。我們躲在林蔭道的樹叢中伺機行動。我並不知道要襲擊何人，但一個人過來時，克羅默忽然推了我的手臂，讓我去殺了他。這個人是我父親。這時，我醒了。

這些事雖然襲擾我，但我會想到該隱和亞伯，卻很少想到德米安。奇怪的是，再次接近他，居然是在夢中。那回，我又夢見自己遭受虐待和暴力，但跪在我身上的人不是克羅默，而是德米安——如此新奇，我印象深刻——一切我所頑抗的克羅默施與的痛苦，在德米安的折磨下，我竟欣然接受，感到既驚恐又暢快。我夢見兩次德米安，隨後又夢見克羅默。

長久以來，我已難分夢中遭遇和現實處境。可無論在哪裡，我和克羅默都保持著卑劣的關係。無數次順手牽羊後，我已還清了欠他的債，但我們的往來依舊無法終結。不！他知道了我的錢是偷的。他不停地問我錢的來處，好讓我比以往更牢牢地被他控制。每當他恐嚇我，要把一切都告訴我父親時，我都嚇得魂飛魄散並深深懊惱，為何當初我不親自向父親坦白。然而在痛苦中，我也並非事事懊惱，至少不會時時懊惱。有些時候，我會認為一切都只能如此。厄運來時，即便掙扎，也是枉然。

我猜，我父母也因我承受了不少痛苦。一股陌異的氣息籠罩我，我無法融入我們共同的家。它曾如此親密真摯，乃至我時常被劇烈的鄉愁侵襲，渴望它，就像渴望失去的天堂。家人待我，尤其是母親，就像對待病人，而非淘氣的孩子。我只能從姊妹們的態度中，更好地窺探我在家中的真實鏡像。在她們令我極為痛苦的小心翼翼中，我看出，家人認為我中了邪、著了魔，應當憐憫我，而非苛責我。但即便這樣，我身上的罪惡還是贏得了一席之地。我感到家人在以非同往日的方式為我祈禱，感到祈禱的徒勞無益。對於解脫的期盼，對一次徹底懺悔的渴望時常灼燒我，但不等我開口，我就知道，我既不會跟父親，也不會跟母親鄭重地坦白並解釋一切。我知道家人會友善地接納我，體諒我，同情我，卻不會真正理解——整件事情會被視為一次失足，而不會被視為命運。

我想有些人不會相信，一個不滿十一歲的孩子會有如此感受。我不會將我的故事講給這些人，而只會講給那些瞭解人性的人。有些人成年後才學會將部分情感轉變為思想。他們丟失了兒時的思想，卻說他們的經歷也不存在。而在我的一生中，我從未遭受過如此刻骨銘心的痛苦，像兒時經歷的那樣。

那是個雨天，折磨我的人約我去城堡廣場。我站在廣場上一邊等他，一邊踢著黑色栗子樹的落葉。我沒有錢。為了不空手而來，我帶了兩塊蛋糕。我早已習慣站在某處等他，有時要等很久，但我忍受著，就像人類忍受必然的命運。

克羅默終於來了。他今天待不長。他推了幾下我的肋骨後，笑著拿走我手上的蛋糕。他有些反常，甚至友好地遞過一根濕漉漉的香煙，但我沒要。

「哦，」他臨走時說，「我差點忘了——你下次把你姊姊帶來——她叫什麼來著？」

我沒明白他的意思，沒有回答，只是疑惑地望著他。

「你不明白？把你姊姊帶來。」

「可是，克羅默，不行。我不能這麼做。她也不會跟我來。」

我想，他又找藉口刁難我。他經常提出一些無理要求，嚇唬我，羞辱我，再逐級敲詐我。最後，我總是以錢或禮物滿足他。

可這次截然不同。對於我的回絕，他根本沒有生氣。

「好吧。」他匆匆說，「你考慮考慮。我想認識一下你姊姊。不過這是早晚的事。你乾脆帶她散個步，我去找你們。明天你聽我的口哨聲，到時候咱們再商量一下。」

他走以後，我恍然開始明白他的意圖。雖然我還是個十足的孩子，但我聽說過，男孩和女孩長大後，會相互做些神祕下流的醜事。而我要為他……猛地，我完全清楚了。他的要求多麼恐怖！我馬上決定，絕不那麼做！可是之後會發生什麼，克羅默會怎麼報復我，我根本不敢去想。以前的折磨還不夠。新的折磨開始了。

我雙手插在口袋裡，絕望地穿過空曠的廣場。新的痛苦！新的奴役！

這時，有個清亮又深沉的聲音在叫我的名字。我嚇得飛跑起來。他追上我，一隻手溫柔地抓住我。他是馬克斯·德米安。

我停住腳步。

「怎麼是你？」我不解地問，「你嚇著我了！」

他注視著我，目光從未像現在這般成熟、深思、敏銳。我們很久沒談過話了。

「抱歉。」他以他特有的方式禮貌地說，「可是聽著，你不必嚇唬自己。」

「哎，可有時會不由自主。」

「看似如此。可你看：你被一個什麼都沒對你做過的人嚇得驚慌失措。這個人會考慮，會驚訝，會好奇。這個人會想，你的驚慌令人費解。他會繼續想，人在害怕時就是這樣。懦夫總是害怕。可你根本不是懦夫，我認為。不是嗎？當然，你也並非英雄。你怕些事，怕些人。這完全沒有必要。不，人永遠不必怕人。你不怕我？對嗎？」

「哦，對。根本不怕。」

「就是，你看。但有些人會讓你害怕？」

「我不知道……隨我去吧！你要做什麼？」

他跟隨我的腳步——我出於害怕，走得飛快——可我能感到他從一旁投來的目光。

「假設一下，」他又開始說，「我對你完全是好意。你完全不用怕我。我想和你做個實驗。實驗很有趣，你也可以順便學些有用的東西。注意！我有時會嘗試一種叫『讀心術』的伎倆。它不是巫術。但如果人們不瞭解它，就會認為它很靈異。這個實驗令人吃驚——我們這就試試。那麼，我很喜歡你，或者說，我對你有興趣，想探究你的內心。我為此做出了第一步。我嚇著你了——你膽子很小。也就是說，有些人、有些事，讓你害怕。可你怕什麼？人根本無須害怕任何人。如果一個人害怕某人，就會將此人的權力置於自身之上。比如一個人做了什麼錯事，被另一個人知道了——另一個人就具備了控制你的權力。你懂嗎？這不難懂。對嗎？」

我無助地望著他。他的臉一如往常，真誠、聰敏，有些仁慈，卻不溫柔，甚至嚴厲，帶著幾分諸如正義的神色。我不知怎麼了：他站在我面前，宛如一位魔法師。

「你理解嗎？」他又問。

我點頭，卻什麼也說不出。

「聽我說。讀心術看似奇特，其實合乎常理。比如我可以準確地說出，我告訴你該隱和亞伯的故事時，你心裡對我的想法。不過這是另一個話題。我想，你可能還夢見過我。先不說這些！你是個聰明的男孩。大多數男孩都很愚蠢！我信任聰明的男孩，樂意和他們說話。你不介意吧？」

「哦不。我只是根本不明白……」

「我們繼續這個有趣的實驗！我們發現：男孩S容易受驚——他害怕某人——或許他和某人之間有個羞於啟齒的祕密——大概如此吧？」

我如同做夢，被他的聲音和力量征服，只能點頭。難道他不是說出了我的心聲？他不是洞悉了一切，比我更瞭解自己？

「確實如此。可以想像。現在我只有一個問題：剛才走的那個男孩，他叫什麼？」

我震驚了！我的祕密被人觸碰。它痛苦地縮回身體，拒絕見光。

「什麼男孩？剛才這裡沒有男孩，只有我。」

他笑了。

「告訴我！」他笑著說，「他叫什麼？」

我輕聲說：「你是說弗朗茨・克羅默？」

他滿意地點頭。

「太好了！你是個聰明人。我們會成為朋友。可我必須告訴你：這個克羅默，是這麼稱呼？是個壞人。他的臉告訴我，他是個惡棍！你認為呢？」

「哦，是的。」我嘆息道，「他是壞人，是撒旦！但什麼都別讓他知道！看在上帝的份上，別讓他知道！你認識他嗎？他認識你嗎？」

「別擔心！他已經走了。他不認識我⋯⋯還不認識。但我很想認識他。他上公立學校？」

「是。」

「幾年級？」

「五年級——什麼都別跟他說！求求你，請什麼都別跟他說！」

「放心，你不會有事。我猜你不願意再和我多講講克羅默的事？」

「我不能說！不，別讓我說！」

他沉默片刻。

「可惜。」他說，「我們本來可以繼續實驗。但我不想讓你難過。難道不是嗎？你應該知道，你錯了。你不該怕他。恐懼會毀了我們，必須擺脱它。假如你想成為一個義人，就必須擺脱恐懼。你懂嗎？」

「當然，你說得很對⋯⋯可是不行。你不知道⋯⋯」

「你看，我知道的比你想像得多——你欠他錢？」

「是，欠他錢。但這不是關鍵。我不能告訴你，不能！」

「就算我把你欠他的錢給你，也沒用嗎？——我可以把錢給你。」

「不，不，不是這樣。我求求你，不要告訴任何人！一個字也不要提！你會給我帶來不幸！」

「相信我，辛克萊。你們的祕密，以後你會告訴我……」

「不，不！」我暴躁地叫道。

「隨你。我只是說，也許以後，你會多跟我說一些。完全出於你的自願！明白嗎？你不會認為我會像克羅默一樣對待你吧？」

「哦不——可你根本不懂！」

「根本不懂。我只是在思考。相信我，我永遠不會像克羅默那樣對你。你也什麼都不欠我。」

我們沉默良久。我漸漸平靜下來。但德米安的智慧在我眼中愈發神祕。

「我要回家了。」說著，他在雨中裹緊了他的粗呢大衣，「我們已經說到這步，我還想再說一句——你要擺脫這個人！如果擺脫不了，你就打死他！如果你能這麼做，我會佩服你，為你高興。我會幫助你。」

我旋即陷入新的恐懼。該隱和亞伯的故事再次襲來。太可怕了！我哭起來。我的世界充滿可怕的事物！

「好了。」德米安笑道，「回家吧！我們會有解決辦法。儘管打死他最簡單。對付這種事，最簡單的辦法就是最好的辦法。克羅默不是你該交往的人。」

我回到家中，就像已經離家一年。一切都變了樣。我和克羅默之間似乎有了「未來」和「希望」。我不再獨自一人！這時我才意識到，幾周……已經幾周了，我獨自一人，孤苦地守著我的祕密。那個思慮多時的念頭又來了：向我的父母懺悔，會讓我獲得寬慰，卻不會拯救我。可是方才！我差點向另一個人，一個陌生人懺悔。得救的預感像刺鼻的馨香，臨在我的心頭！

我照舊擺脫不了恐懼。我和我的敵人已可怕地結怨太久。只是奇怪，許久以來，一切都安靜而祕密地進行著，瞞天過海。

克羅默的口哨聲沒有出現在我家附近。一天，兩天，三天，一周過去了。我不敢相信。我內心依舊窺伺著，他也許會在某個我毫無準備的時刻突然出現。但他徹底消失了。我無法相信我重新獲得了自由，根本無法相信，直到有一天，我終於見到了克羅默。他正從製繩廠巷出來，迎面看見我。他大驚失色，朝我扮了個醜陋的鬼臉。為了不和我撞上，他竟疾速轉身溜走。

對我來說，這是曠古未有的時刻！敵人在我面前逃走！撒旦害怕我！驚詫和喜悅一陣陣洗刷我的身心。

過幾天我又見到德米安。他在學校門口等我。

「你好。」我說。

「早安，辛克萊。我只想知道，你過得好嗎？克羅默沒再打擾你，對嗎？」

「是你做的？你做了什麼？怎麼做到的？我不明白。他已經徹底消失了。」

「那就好。如果他再來找你——我想他不會。不過他是個無恥的人——你就跟他說，讓他想想德米安。」

「可這究竟是怎麼回事？你跟他做了交易，打了他？」

「沒有。我不喜歡做這些事。我只是跟他談了談，就像跟你談話一樣。我讓他清楚，不招惹你對他更好。」

「哦，你給他錢了？」

「沒有，我親愛的。這種方法你不是已經試過？」

說完，他走了。留下我疑慮重重，看著他的背影。面對他，我原有的不安中摻雜了感恩與羞愧、欽佩與恐慌、愛慕和內在的抗拒。我決心儘快去找他，和他說說所有事，也說說該隱。

但沒能成行。

我曾經相信，感恩並非美德。要求一個孩子感恩，更是一種過錯。為此我對自己在馬克斯・德米安面前的不知感恩並不失望。今天的我已經確信，假如德米安不從克羅默手中解救我，我將度過患病而墮落的一生。即便在當時，我也能認識到，他的解救是我少年時最重要的經歷——但救星一旦創造奇蹟，我就將他拋在了腦後。

不知感恩並不讓我驚奇，如我所述。奇怪的是我竟毫無好奇。我怎能安然度日，而不去探究德米安的奧祕？我怎能克制欲望，不去傾聽該隱、克羅默和讀心術的故事？

不可思議，但事實恰恰如此。我突然掙脫了惡魔的羅網。眼前的世界明亮而歡快。我不再遭受恐嚇，不再被人卡住喉嚨。絕罰被解除。我不再是個遭人蹂躪的被詛咒者。像從前一樣，我是個學生，是個孩子。我的天性迫不及待地去重新尋回平衡與安寧，它願意付出一切，去扼殺和遺忘我身上的醜惡與脅迫。那段關於罪責與恫嚇的漫漫往事，很快地溜出我的生活，甚至沒有留下任何明顯的蛛絲馬跡。

今天的我同樣無法理解，當時，我為何急於遺忘我的臂助與救恩。逃離了地獄苦海，逃離了克羅默可怕的奴役後，我殘破的靈魂以它全部的熱情和力量，遁入從前的幸福與滿足——回到我失去的天堂，回到父母的光明世界，回到姊妹間，回到純潔的芬芳裡，回到上帝悅納的亞伯的虔敬中。

和德米安短暫交談的數日後，我已徹底接受了重獲的自由，不再擔憂災禍驟臨。這時，我做了那件渴望已久的事——懺悔。我走向母親，給她看那個破碎的、裝滿籌碼的存錢罐，告訴她，由於自己的過錯，我遭受了惡人長久的折磨。她有些不解。她看了眼存錢罐，看到我蛻變的目光，聽到我蛻變的聲音，她感到我已痊癒，我已重新歸來。

我懷著崇高的心情開始慶祝我的新生，慶祝遊子歸鄉。母親帶我到父親面前。我再次講述了我的遭遇，激起無數的疑問和驚呼。父母撫摸我的頭，嘆息著，如釋重負。一切都那般精彩，像部小說，一切都在奇妙的和諧中化解。我帶著真正的激情，投身到這種和諧中。重新擁有我的和平，父母的信任，再多我都無法飽足！我成了戀家的模範學生，比以往任何時候，都更樂意和姊妹們相伴。以得救和皈依的心情，我在祈禱中唱著我熱愛的老歌，發自肺腑，絕無謊言。

可我依舊心神難安！究其原因，的確只能是因為我遺忘了德米安。我本該向他懺悔！這種懺悔該少有偽裝，少有傷感，該是我更大的解脫。因為是他攫住我全部的根鬚，將我重新植入我遺失的樂土。我收穫了家園，收穫了赦免。但德米安卻不可能屬於這個世界。他無法在這個世界生根。他是個不同於克羅默、卻又和他相同的——誘惑者！他也連結了我和另一個世界，那個我永遠不想和它再有任何瓜葛的罪惡世界。現在我不能、也不願出賣亞伯，歌頌該隱。現在，我剛剛重新成為亞伯。

但這只是表面。內在的原因是：我不是靠自己的力量和成就掙脫了克羅默和他魔鬼的手。我曾試圖在世界的小徑上漫步，可它於我太過污濁。當我被一雙友善的手搭救，我只想頭也不地回到母親的懷抱，回到安全地帶，回到我馴良的童年生活。我變得更年幼，更依賴，更孩子氣。我必須像依賴克羅默一樣重新依賴什麼，我無法獨自前行。在我盲目的內心中，我選擇了依賴父母，依賴古老而值得鍾愛的「光明世界」。儘管我知道，這個世界並非唯一的世界。可假如我不這麼做，我就會抓住德米安，會把自己交付給他。但我沒有。我認為這是我對他古怪思想的正當懷疑。可真相只能是我害怕他。他對我的要求比父母對我的要求多得多！他驅策我，警告我。他嘲弄我，諷刺我。他想讓我成為一個獨立的人。啊！今天的我知道：世上再沒有什麼別的，比走那條通往自我的道路，更讓人愁煩！

儘管如此，我還是對誘惑並無反感。半年後的一次散步中，我詢問父親，假如有人聲稱，該隱比亞伯好，他怎麼看。

他十分驚訝，向我解釋：這種說法並不新穎，甚至在基督教早期就浮出水面，在分裂的教派中成為教義。有一支教派甚至自稱「該隱派」。但毫無疑問，這種瘋狂的說法，和其他試圖摧毀我們信仰的魔鬼試探毫無區別。如果人們相信該隱是義人，亞伯不義，那麼人們就會懷疑這是上帝犯了錯誤，進而懷疑《聖經》中的上帝不是絕對而唯一的上帝，而是偽上帝。「該隱派」確實宣揚過類似教義，但這一異端邪說早已覆沒在歷史中。他只是十分驚訝，我的同學中會有人對此熟知。於是我嚴肅地告誡自己，一定要徹底拋棄這種思想。

強盜
Der Schächer

一切都變了。

童年在我的四周坍塌成廢墟。

父母的呵護，兒時的愛欲與滿足，在溫柔善意和光明中，遊戲著渾然度日。我的童年充滿美妙細膩而可愛的故事。但我最關注的仍是生命中尋找自我的腳步。那些瑰麗的休憩間，幸福島和伊甸園不再吸引我。我將它們安置於遠方的光芒中，不再渴望登門造訪。

因此，回首往事，我只想談論些解禁我，驅策我前進的新事物。

「另一個世界」依舊不時襲來。它依舊帶著恐嚇、脅迫和罪惡，革命性地威脅著我眷戀的寧靜。

幾年後，我感到一種原始衝動在我身上滋生。這種衝動在光明的世界中只能被遮掩和潛藏。像他人一樣，萌生的性欲被我視為敵人、毀滅者，視為禁果、誘惑和罪惡。青春期的祕密激發好奇和夢幻，欲望和恐懼。它與我童年的平靜喜樂格格不入。我過著一個孩子的雙重生活，儘管我已不再是孩子。我的意識，活在熟知的光明世界，它否認即將破曉的新世界。可同時，我又潛伏在夢想、衝動和期盼中。意識的世界憂懼地架起一座座橋梁，但童年的世界已在我身上悄然崩塌。我的父母和天下父母一樣，對我的發育束手無策，從不談起。他們只是不竭地關愛我，幫我絕望地否認現實，並繼續寄居在愈發虛假的童年。我不知父母對此是否真能有所作為。我不責怪他們。這是我自己要去完成的事，自己要去尋找的路。而我和大多數教養良好的孩子一樣，在這件事上無能為力。

每個人都要遭逢這番苦難。它對一般人來說，是自我與環境對決的巔峰，是前進道路上最艱難的跋涉。許多人終其一生，唯有在童年的腐朽與幻滅中，才經歷過命中注定的死亡與新生，被眷戀的事物拋棄，熟悉的世界變得清寂和死一般冰冷。許多人永遠舉步不前，一生都痛苦地眷念著無以挽回的昨日，做著逝去天堂的美夢，這一所有夢想中最致命的夢想。

還是回到故事中吧！告別童年的知覺和幻象不足掛齒。重要的是「黑暗的世界」「另一個世界」捲土重來。弗朗茨．克羅默的世界駐居在我的身上，為此，我又被「另一個世界」的權力操控。

我和克羅默的故事已結束多年。那段戲劇性的罪惡往事已遠離我，像場短暫的噩夢，留在了虛無的過去。弗朗茨．克羅默已從我的生活中徹底消失。最後一次相遇後，我幾乎很少想到他。然而我悲劇的主角，換成了德米安。他不會完全隱沒在我的周遭。他遠遠站著，不動聲色，直至許久後，他才再次徐徐靠近，施展他的力量。

那時的我和德米安，大約一年甚至更久沒有過任何交談。我迴避他，他也不來找我。有一次我們偶然遇見，他只朝我點點頭。那段時間，他的友好中透著一絲嘲諷，當然，這也許是我的錯覺。我和他的故事，他對我的奇特影響，似乎被我倆雙雙遺忘。

只是當我回想他的模樣，我看見他仍在我的記憶和意識中。我看見他去學校，單獨一人，或者在其他大學生中間。他與眾不同，孤寂沉默，就像一個獨立天體，漫遊在人群中，沉浸在自己的空氣中，活在自己的律法中。除了他母親外，沒人愛他，也沒人信賴他，但即便是和他母親在一起，他也不像個孩子，而是像個成人。老師們從不叨擾他，他是個好學生，但他從不取悅他人。時而，我聽說他諷刺或反駁了某位老師，毫不留情，讓老師無地自容。

閉上雙眼，一幅畫面浮現腦海。那是在哪裡？哦！我想起來了，是在我家房前的巷子裡。那天我看見他站在那裡，手中拿著筆記本，正在畫著什麼。他在畫我家拱門上的鳥形徽章。我站在窗前，躲在窗簾後偷偷看他。他專注於徽章的臉冷靜清醒，讓我震驚。那是張男人的臉、學者的臉、藝術家的臉，帶著非凡的沉靜敏銳，意志堅定，心思深遠。一雙眼睛充滿認知。

又見到他是不久後的一天，在大街上。放學的學生們正圍觀一匹跌倒的馬。馬躺在地上，身上還拴著農車的車轅。它大張的鼻孔悲苦地噴著氣，身上看不見的傷口汩汩流出鮮血。一側街道的灰白塵埃被馬血染得發黑。我有些噁心，掉過頭去，卻看見德米安。他沒往前擠，而是以他一貫的優雅姿態站在人群後。他專注地看著馬頭，目光深邃寧靜，幾近偏激又冷酷無情。我不得不長久凝望他，直至意識模糊，被一種古怪的感覺占據。我不僅看見他不是孩子而是男人的臉，我還看見——我想我看見了，或者我感到了——他的臉不是一個男人的臉，而是些別的臉。一張女人的臉晃映其中。特別是某一刻，我看見他的臉既非男人亦非孩子，不是老人，不是青年。他的臉是一張千年的永恆之臉，烙著非同我們時代的其他時代的印記。或許那是張動物的臉，樹的臉，星的臉——我不知道。當時的我無法做出今天這般成熟的描述。也可能因為他長得美，因為我喜歡他或討厭他——難以說清。我只是看見他與我們不同。他像野獸，像幽靈，像一幅畫。我不知他究竟像什麼。和我們相比，他有一種難以描述的異樣。

這是我全部的記憶。或許這段記憶已被日後對他的強烈印象沖淡。

再和他深入接觸，是我年長幾歲以後。德米安沒有按習俗，在適當的年齡接受教會的堅信禮。這件事很快鬧出傳言。學校裡有人說他是猶太人，或是異教徒。有人說他和他母親沒有任何宗教信仰，或者他們信奉一種神祕的邪教。有人懷疑他和他母親過著情侶生活。大家預測，他迄今在沒有宗教信仰的家中長大，有損他的未來。總之，他母親最後決定，讓他比同齡人晚兩年接受堅信禮。於是，我們成了堅信禮預備班的同學。

其間的一段時間我躲著他，不想接近他。他身上流言蜚語太多，祕密太多。再說和克羅默的事情結束後，我一直對他心存愧疚。況且我自己的祕密已多得讓我焦頭爛額。性欲萌發遇上堅信禮課，我雖然有意學好，但我的虔信教育受到干擾。聖言像遠方寂靜而神祕的幻象，或許極美，極為崇高，但它既不現實，亦不刺激。另一件事在我心目中占了上風。

越是對上課缺乏興趣，我越是注意馬克斯·德米安。我們似乎對一些事心有靈犀。仔細追憶這種默契，我想起一回早課。那時的小教室中燃著蠟燭。神父講起該隱和亞伯的故事。我心神渙散地聽著，昏昏欲睡。當神父高亢而誠懇地講到該隱的記號時，我像被驚醒般抬起頭，看見坐在前排長凳上的德米安，正回頭看我。他機智的雙眼嚴肅地流露出嘲諷。我只和他對視片刻，就急切地聽神父講道。我想聽他如何解釋該隱和他的記號。一種清晰的認知發自我的心底：神父講的不一定對。人可以有自己的看法。人甚至可以批判神父的看法！

這一刻我和德米安心心相印。奇異的是，靈魂間確鑿的息息相關，似乎魔術般地感染了整個空間。不知是他有意，還是出於偶然，幾天後的宗教課上，德米安換了座位，坐在我前面。（我依舊記得，清晨的濟貧院中，我多麼喜歡在人滿為患的愁悶氣息中，聞他後頸散發的肥皂清香！）幾天後，他又換了位置，坐在我身邊。隨後的整個冬天和春天，他都坐在這裡。

早課變得不同。不再無聊，不再叫人昏睡。我開始盼望早課。時常，我倆在聚精會神聽神父慕道時，我的鄰座只要遞來一個眼神，我就能馬上會意到一個古怪的故事，一句奇異的箴言。而他再一個眼神，我心中的批判與質疑就會覺醒。

我們常常是不聽講的差生。德米安在老師和同學面前溫文爾雅，從不高聲談笑，不做少年人常做的蠢事，老師從不責備他，但他卻會輕聲耳語，或以手勢和眼神讓我參與他的思考，其中不乏古怪的想法。

比如他告訴我，他注意哪些學生，如何研究他們。哪些學生他已十分瞭解。課前他會說：「假如我用大拇指朝你做出手勢，他或他就會回頭看我們，而他會撓脖子。」等等。上課時，德米安會在我心不在焉時，突然像他說的那樣朝我做出誇張的手勢，而幾乎每次，我都能馬上看見那幾個學生，像提線木偶般，做出德米安所說的動作。我纏著馬克斯，叫他在老師身上也試試，他卻拒絕我。但有一次我告訴他我沒預習功課，不希望神父提問我時，他卻幫了忙。當時神父正找人背一段經文，搜尋的目光落在誠惶誠恐的我身上。他慢慢走向我，手指已伸向我，馬上要叫出我的名字——這時他突然神態恍惚，不安地拉了拉常服的領子，轉身走向緊盯著他、似乎要提問的德米安。出人意料的是神父又再次移步，咳了幾聲後叫起了另一名學生。

這一幕讓我暗自發笑，不由得想起我的朋友常和我玩這種遊戲。比如有一次放學路上，我忽然感到德米安在跟著我，回頭看去，他果真在我身後。

「你能讓人按照你的意願思想嗎？」我問他。

他坦率地回答了我。冷靜客觀，以他特有的成人方式。

「不。」他說，「做不到，因為人沒有自由意志。儘管神父常叫人按他的意願思想，但他做不到。我也不能讓神父按我的意願思想。我們可以通過妥善地觀察別人，準確地說出他們的想法和感受。大部分時候，我們還能預知他們下一步的行動。這很簡單，只是人們不知而已。當然，這需要練習。比如飛蛾裡有一種夜蛾，雌蛾比雄蛾罕見。它們的繁殖和其他動物一樣，雌蛾受精，隨後產卵。假如你有一隻雌性夜蛾——科學家常做這種實驗——你會發現，到了晚上，雄蛾們紛紛飛向這隻雌蛾，飛幾小時。想想看！雄蛾們在幾公里外，就能感知一隻雌蛾的存在！人們想對此做出解釋，但是很難。或許和它們的嗅覺有關。就像獵犬能沿著人無法覺察的蹤跡追尋獵物。你明白嗎？這些自然現象沒人能做出解釋。可我想說：夜蛾中，雌性如果像雄性那般常見，夜蛾就不會具備如此神奇的嗅覺！它們之所以擁有這種能力，是因為它們經過艱苦的磨練。無論是動物還是人，只要他全力以赴，將他的全部意志專注於一件事上，他就能實現目標。如此而已。你問題中的意思大致如此。只要你準確地審視某人，你就會比他本人更瞭解他。」

我差點說出「讀心術」，並提起多年前克羅默的事。但我們之間似乎有種奇異的共識，無論是他，還是我，都絕口不提多年前他對我生活的重大影響，哪怕是隱晦地提及。就像我們之間絕無往事，或者我們都認為，我們已經將那段往事遺忘。有一兩次，我們甚至一起在街上遇見了弗朗茨·克羅默，但我們沒有目光交流，也沒有談論他。

「意志又是怎麼回事？」我問，「你說，人沒有自由意志。可你又說，人只要意志堅定，就能實現目標。這肯定不對。如果我無法把握我的意志，我又如何指使它，去我讓它去的地方。」

他拍拍我的肩膀。他欣賞我時，總會這麼做。

「很好，你提出了問題！」他笑道，「人必須不斷發問，不斷存疑。但這個道理簡單。就說雄蛾。假如它的意志是飛向星辰，或飛向任何別處，它就不會找到雌蛾。但它沒有。它尋找對它有意義、有價值的東西，尋找它必須擁有的東西。因此它獲得了不可思議的成功——它發展出其他動物少有的妙不可言的第六感。我們人類比起動物，當然，空間更大，興趣更多。但即便是人類，也局限於相對窄小的空間內，難以脫身。我們可以異想天開，比如我們想去北極。只要我們滿心期盼，只要這個願望真正縈迴於我們全部的生命，我們就能擁有足夠強大的意志去實施它。一旦如此，一旦人按照內心的命令去嘗試，就能實現願望，駕馭意志，宛如駕馭一匹良駒。但假如我現在想影響我們的神父先生，叫他往後不戴眼鏡，那肯定辦不到，因為這只是玩笑。而秋天時，我決意換到後面的座位就很順利。因為名字排在我前面的學生一直生病，有一天他突然回到課堂，有人得給他騰出座位。我當然一馬當先，因為我的意志一直準備著抓住機會。」

「是的。」我說，「我當時感到奇怪。從我們在班上彼此注意的一刻，你就不斷靠近我。這是怎麼回事？你並沒有一開始就坐到我身邊。有一陣子，你坐在前排。不是嗎？」

「是這樣，當時我並不知道我具體要換到哪裡。但我知道，我要坐去後面。我的意志是靠近你，但我並沒意識到這點。同時，你的意志也助我一臂之力。直至我坐在了你前面，我才感到，我的願望實現了一半——我意識到，我不過是想和你坐在一起。」

「但後來，班裡並沒有再來什麼新人。」

「沒有。我只是乾脆隨我所願，不假思索地坐在了你身邊。原來那個位子上的男生很驚訝，但他並沒深究。神父感到座位有變——其實他每次看見我，都有些疑惑。他知道我叫德米安。以我的『D』，不該和後面的『S』坐在一起！但這不過是他的潛意識，我的意志阻止他真正思考。這位好先生——其實我只用了簡單的辦法，我自信地狠狠盯著他。誰能承受這種目光？它讓人不安。如果你也想制勝某人，你可以在他毫不設防時盯著他，假如他依舊十分冷靜，你就放棄打算吧！因為這個人，你永遠無法征服他。永遠！但這種情況很少。我只在一個人身上失敗過。」

「這人是誰？」我馬上問。

他看著我，瞇起眼睛，陷入沉思。隨後他望向別處，沒有回答。我雖然懷著強烈的好奇，卻沒有再問。

我想，他當時說的是他母親——他和他母親關係密切，但他很少提起她，也從不帶我去他家。我甚至不知道他母親的樣子。

那時，我會學德米安，集中意志於某件事上，去實現某個目標。我有很多急切的願望，但我從未成功。我不敢告訴德米安，也不能跟他訴說我的願望，他也從來不問。

在此期間，我的信德有所鬆動。但我的思想，即便受到德米安的強烈影響，卻仍和那些毫無信仰的同學不同。他們宣稱信仰上帝是可笑的、滅絕人性的。三位一體，瑪利亞無玷受孕是荒謬的。至今還兜售這種信仰是無恥的——我絕不這麼認為。哪怕在我對《聖經》故事心存疑惑時，我童年真實的虔誠生活、父母的教誨，依舊足以讓我明白，信仰上帝絕非卑劣和愚昧。對宗教，我懷有深深的敬畏。只不過德米安讓我養成了更自由、更個人、更輕鬆、更富想像力地看待和闡釋故事和教義的習慣。至少我願意，也很享受，以他宣導的方式思考。雖然他的許多解釋於我過於牽強，比如他對該隱的看法。甚至有一回堅信禮預備課上，他的想法更為大膽，讓我震驚！當時老師正講到骷髏地。對福音書中救主受難和被釘十字架的描寫，我早已十分熟悉。幼年時，每逢耶穌受難日，父親都會朗讀這段經文。每次我都會深深沉迷於那個痛苦的瑰麗黯淡、陰森恐怖卻栩栩如生的世界中，沉迷於客西馬尼園，沉迷於骷髏地。聆聽巴哈的《馬太受難曲》[4]時，一道祕密世界的陰鬱而強大的受難之光，總以神祕的戰慄席捲我。時至今日，我仍然認為《馬太受難曲》和《哀悼典儀》[5]是一切詩與一切藝術表達的完美結晶。

課後，德米安若有所思：「我不喜歡這個故事，辛克萊。你品讀下這段經文，味如嚼蠟。關於這兩個和耶穌一齊被釘上十字架的強盜。山上並排立著三具

4 *Matthäuspassion*。巴哈於一七二七年創作的清唱劇受難曲（BWV 244）。

5 *Actus Tragicus*，也稱 *Gottes Zeit ist die allerbeste Zeit*（神之時是最好之時）。巴哈於一七〇七至一七〇八年間創作的一部清唱劇（BWV 106）。

十字架，十分壯觀！但對兩個強盜的描寫卻有些感情用事！首先，他們是犯人，幹了無恥之事。天知道他們幹了什麼。然而一個強盜卻在十字架上被感化，慶祝了一場改邪歸正、悔過自新，叫人痛哭流涕的聖典！我問你，對於即將步入墳墓的人來說，悔悟的意義何在？這不過又是個福音故事。虛假，詭詐，膩味。用心是教誨虔誠。假如讓你從兩個強盜中選一人做朋友，或者讓你考慮一下，哪個強盜更為可信，你絕不會選擇那個嚎啕大哭的傢伙。不。另一個強盜才是硬骨頭，才有個性。他蔑視轉變信仰。再說當時的情況，轉變信仰無疑是虛偽的。他把他的路走到了底。在最後一刻，他沒有背棄一直助佑他的魔鬼。他是個有品性的人。關於這種人，《聖經》中都描寫得極為簡慢。說不定他也是該隱的後代。你說呢？」

我驚詫得啞口無言。我本以為我對耶穌受難的故事早已爛熟於心。現在我突然意識到，我聽它時，讀它時，完全缺乏個人的思考，缺乏幻想和想像力。對我來說，德米安的想法致命地威脅著我堅守的信念。不，人不能顛覆所有事、所有人，更不能顛覆聖神。

一如往常，不等我開口，他就注意到我的抗拒。

「我知道。」他說，「這是些古老的故事。但別太認真！我想告訴你：這個細節清晰地暴露了宗教的瑕疵。《聖經》中締結新舊約的全能之神，是個傑出形象，卻並未呈現出本來的神。他是完善、高貴、慈愛和美。他高深、感性——完全正確！但這個世界還有另一部分。這個部分被簡單地歸因於魔鬼。世界的這個部分，整整半個世界，諱莫如深。就像人們尊上帝為生命之父，卻對繁衍的根本——性行為避而不談，寧願將它解釋為魔鬼的把戲和罪惡！我不反對世人崇拜這位耶和華上帝，完全不反對。但我認為，我們應當崇拜一切。一切皆為聖神。應當崇拜整個世界，而不是只崇拜這個被刻意劃分出來的冠冕堂皇的部分！我們需要上帝的禮拜，也需要魔鬼的禮拜。我認為這樣才正確。抑或，人應當創造一個也是魔鬼的上帝。在他面前，人無須對世上自然發生的事物感到羞愧。」

他一反常態，甚至情緒激動。但很快，他又露出微笑，不再咄咄逼人。

他的話擊中了困擾我整個少年時代的謎團。我每時每刻都懷揣的，卻從未向任何人袒露的謎團。德米安提到的上帝和魔鬼，冠冕堂皇的神聖世界和祕而不宣的魔鬼世界，正是我的神話，是我對兩個世界或世界的光明與黑暗的思索。我認識到，我的問題是人類的問題，是所有生命和所有思想的根本問題。一道神聖的陰影突然投向我，恐懼和敬畏朝我襲來。我看見並感覺到，我獨有的、個人的生命與見解，深刻地捲入了偉大思想的永恆洪流。可這種認識並不可喜，儘管它寬慰我，認可我。因為它冷酷、粗暴，它意味著負責，意味著無法再做回孩子，意味著孑然一身。

我平生第一次傾訴心底的祕密。向我的同伴講起我從幼年時就經歷和思考的「兩個世界」。他馬上明白，我心中對他見解的讚賞。但他不會對此加以利用。

他比以往更加全神貫注地聽我訴說，盯著我的眼睛，直至我不得不迴避他的目光。因為我在他的目光中又看到異樣，看到野獸和永恆，看到難以想像的古老。

「我們下次再談。」他溫和地說，「我看，你說出的不及你思考的多。如果是這樣，你應該知道，你從未按你的思想去生活。這樣不好。只有經過生命洗禮的思想才有價值。你知道，你的『光明世界』只是半個世界。像神父和老師一樣，你躲避另一半世界。但你並不成功！人一旦開始思考，就無法躲避那個世界。」

他深深觸動了我。

「但是！」我幾乎喊道，「有些事物的確是禁忌的、醜陋的。你不能否認！我們必須棄絕這些禁忌的事物。難道只因為我知道世上有謀殺和諸多罪惡，因為它們存在，我就要加入罪人，成為罪人嗎？」

「我們今天討論不出什麼結果。」馬克斯寬慰道，「你當然不必去殺人或姦殺少女。不。現在的你還理解不了『正當』和『禁忌』的真正含義。但你已觸摸了真相的一角。你還會領悟更多。不必擔心！比如你這幾年有一種欲望，比其他欲望更加強烈。它是『禁忌』。希臘人和許多民族則恰恰相反，將這種欲望奉若神明，尊崇禮拜。沒有永恆的『禁忌』。它處於變化之中。如今人人可與女人同第，只要他帶她到神父面前婚配。其他民族則迄今與我們不同。因此，每個人都要找到自己的『正當』與『禁忌』。誰也不會因為犯了忌，就成為惡棍。反之亦然。——說到底，這是得過且過的問題！有些人圖安逸，不去思考，不去裁斷，遵循不變的禁忌法則。他們感到輕鬆。另一些人有自己的信條。他們的禁忌可能是紳士們的日常之舉。他們認為正當的事，可能遭人唾棄。每個人都要有自己的立場。」

突然，他似乎懊惱自己話多，沉默起來。即便在當時，我也能大致理解他的感受。他雖然總以令人愉快和貌似不假思索的態度表達他的思想，但一場「只為談話的談話」，如他所言，他「死也不能忍受」。和我在一起，除了他對我的興趣，他還在機智的暢談中獲得快樂。簡言之，獲得一種缺乏全然嚴肅的快樂。

寫下「全然嚴肅」，我想起另一幕。那是我和馬克斯·德米安少年時代最難忘的經歷。

堅信禮的日子近了。靈修課最後的內容論及聖餐。神父十分看重這一內容，努力渲染一種儀式的氣氛。可我卻在這堂最後的禮儀課上，想著我的朋友德米安。眼前的堅信禮，是我們步入教會的莊重儀式。但我卻被一個揮之不去的念頭困擾。半年來，我在宗教課上學到的知識，不及接近德米安及德米安對我的影響更有價值。我不想加入教會，卻想加入一種有思想、有個性的修會。它必然存在於世間。而我的朋友，會作為它的代表和使者接納我。

我試圖驅趕這個念頭。無論如何，我都該鄭重其事、問心無愧地接受我的堅信禮，儘管它與我的新思想相悖。但這種念頭久久不散，並逐漸和我對迫近的教會儀式的思考糾結一處。我決定有別於旁人，把堅信禮作為我邁入思想世界——那個德米安讓我領略的世界的慶典。

有一天教義課前，我又和德米安激烈爭辯。他沉默不語，對我的言論毫無興趣。大概我當時有幾分少年老成，裝腔作勢。

「我們說得太多。」他異常嚴肅地說，「說些聰明話毫無意義，只能讓人遠離自身，而遠離自身是種罪過。人必須像龜一樣，徹底縮進自己的世界。」

說著我們走進教室。開始上課時，我試圖專心聽講，德米安也沒有打擾我。過了片刻，我開始感到身旁座位的異常。它既空泛又冰冷，似乎座位上已空空無人。我漸漸不安起來，轉過頭看。

我看見我的朋友筆直而坐，像平常一樣姿態優雅。但他又似乎與平日不同，渾身上下散發著我不熟悉的氣息。我以為他閉著眼睛，但我看到的，卻是他睜著。他的眼中空無一物，呆滯地窺向內部，又似乎望向遙遠的遠方。他一動不動地坐著，彷彿停止了呼吸。他的嘴，像木雕或石刻。無色蒼白的臉像大理石。唯有褐色的頭髮現出一絲生機。他的雙手放在課桌上，像件靜物般寂靜無聲，又像石頭，似果實般無動於衷。但它卻並非軟弱無力，而是像個堅固而質地優良的外殼般，包裹著暗藏的強大生命。

我不禁一陣戰慄。他死了！我的念頭幾乎衝破喉嚨。但我知道，他沒有死。我緊盯著他的臉，就像盯著一具蒼白的雕像。我感到：這就是德米安！平日與我並肩，同我交談的不過是半個德米安。他為了助人意願才不時扮演某種角色，加入我們。而這才是真正的德米安。無情、古老，如野獸、如磐石，美而冷酷，死寂一片又充滿密不透風、聞所未聞的生機。環繞他的是寧靜的虛無，蒼穹和星空，是孤絕的死！

現在，他已完全進入自身。我顫抖地感到，我從未如此孤獨。我無法成為他的一部分，無法觸及他。他離我如此遙遠，就像他去了海角天邊。

我不明白，為何除了我之外竟無一人察覺！所有人都該望向他。所有人都該仰慕他！他像幅畫，像端坐的神祇。一隻飛蠅落在他額上，又爬過他的鼻子和嘴唇——他紋絲未動。

他在哪裡？在想什麼，感受什麼？他身在天堂，還是身在地獄？

不等我問他就下課了。我看見他又活了，喘著氣。我們目光相遇時，我看見他和從前一模一樣。他從哪裡來？去了哪裡？他看上去很累。他的臉又有了血色，雙手再次靈活，只是他褐色的頭髮疲倦得失去了光澤。

接下來的幾天，我開始在臥室中做一種新練習：我安靜筆直地坐在一把椅子上，目光僵硬，全身不動地等候著——看我能堅持多久，發現什麼。可我只感到疲頓，眼皮癢得難耐。

不久後的堅信禮沒有給我留下任何難忘的印象。

一切都變了。童年在我的四周坍塌成廢墟。父母總以某種尷尬的目光望著我。姊妹們已與我十分生疏。驟然的幻滅讓我熟知的情感和快樂變得虛假蒼白。花園不再芬芳。森林不再神祕。我的世界堆滿廉價代售的舊物，平淡乏味。書籍變成紙。音樂變成噪音。我像顆落英繽紛的秋樹，無知無覺。無論滴雨，光照還是嚴寒，我的生命已緩慢地縮進最幽閉最深邃的內部。它不死。它等待。

父母決定假期後送我初次離家，去另一所學校讀書。母親時常極其溫柔地待我，像要施展魔法般盡心竭力地將愛、鄉愁和記憶留在我心中。德米安出了遠門。我孤身一人。

貝緹麗采

Beatrice

上帝預備了許多讓人深陷孤獨，走向自我的道路。

假期後，沒能再見到我的朋友，我就乘車去了St城。我的父母陪著我，小心謹慎地將我託付給監管寄宿高中的老師。假如他們知道我將就此步入歧途，他們一定會驚得目瞪口呆。

我的問題依舊是：日後要做個好兒子、好公民，還是依我的本性走別的路。我試圖在父宅的庇蔭下獲得精神上的幸福。我努力了許久，有時幾近成功，最後卻徹底失敗。

堅信禮後的假期中，我初嘗了空虛寂寞的滋味。（往後的我該多麼熟悉這種空虛與淒清！）它遲遲不散。告別家鄉對我來說並非難事，我甚至為我的輕鬆羞愧。姊妹們毫無來由地哭哭啼啼，我卻不以為然。我對自己感到驚訝。一直以來，我都是個感情豐富的孩子，良善的孩子，現在卻徹底變了。外部世界毫不吸引我。我整日忙著傾聽心底的咆哮，傾聽來自禁忌的、黑暗世界的風暴。我發育迅速。離家前半年，我已長得很高，以一副清瘦、生澀的面貌迎向世界。我身上那些孩子氣的天真爛漫已蕩然無存。我想，人們不會愛我現在的模樣。我也不愛自己。我時常思念馬克斯．德米安，可我也恨他，是他讓我體味生命的貧乏。在我眼中，這種貧乏，就像一場醜陋的疾病。

新同學中，我最初並不受歡迎，也不引人注意。他們先是嘲笑我，接著無視我，認為我是膽小鬼，是個令人生厭的怪物。我倒樂在其中，甚至賣力地扮演著這個角色，並憤憤地躲進我的孤寂中。表面看來，我似乎玩世不恭，可實際上，我常常暗自軟弱地屈服於悲傷和絕望。我靠著從前在家鄉積累的知識過活，新班級較之以往的落後，讓我養成了輕視同齡人的習慣。他們在我眼中不過是些頑劣小兒。

一年匆匆而過。假期回家的日子乏味如常。我更願意離開。

記得那是十一月初。我已習慣一邊散步，一邊沉浸在思緒中，無論颳風下雨。我享受散步的暢快。那是飽含憂鬱、飽含藐視世界也藐視自我的暢快。一天傍晚，我在潮濕濃霧的黃昏中閒逛。城郊一處公園荒蕪的林蔭道吸引了我。地上滿是厚厚的落葉。我懷著陰暗的醉意踏過落葉。它散發出濕潤苦澀的氣息。遠方的樹木像巨大虛幻的幽靈，舞蹈在濃霧中。

我遲疑地站在林蔭道盡頭，望著黢黑的樹葉，貪婪地呼吸著剝蝕的、死一般潮濕的霧氣，身上某些東西似乎在呼喚這種氣息——哦，生命何等貧瘠！

這時，岔路上迎風走來一個穿外套的人。我繼續走著。他叫住我。

「你好，辛克萊！」

他走向我。他叫阿方索·貝克，是寄宿學校最年長的學生。我挺喜歡他。除了他有時愛像個長輩一樣嘲諷我和其他學生外，我並不反感他。他長得粗壯，連監管也怕他三分。在許多校園傳說中，他都是個英雄人物。

「你在這裡做什麼？」他以他慣用的成人口吻親切地問道，「我敢打賭，你在作詩？」

「我沒這種興致。」我毫不客氣地答道。

他笑了，走在我身旁，並以一種我早已不習慣的方式和我攀談起來。

「別擔心我不懂，辛克萊。在黃昏的霧靄中散步，心懷秋思，人就會想作詩。我能理解。寫寫凋零的大自然，當然，也寫寫逝去的少年時光。一回事。就像海因里希．海涅。」

「我可沒那麼多愁善感。」我抗拒地說。

「好吧，不談這個！我覺得這種天氣，適合找個安靜的地方喝點酒。跟我一起去喝一杯？我正好一個人——還是你不願意？親愛的，要是你想當個模範學生，我可不想帶壞你。」

我們很快坐進了一間近郊的酒館，推杯換盞，喝起了一種味道可疑的酒。起初我並不習慣，這畢竟是我的新體驗。但很快，初嘗酒精就讓我喋喋不休。我似乎突然打開心門，擁抱整個世界——多久了，我已多久沒向人傾訴衷腸！我開始信口開河，其中不乏我最拿手的該隱和亞伯的故事！

貝克聽得起勁——終於有人願意聽我暢談！他拍著我的肩膀，誇我是條好漢。我欣喜若狂，積蓄已久的傾訴欲獲得巨大的滿足。可以說，一位長者讚許了我的見解！當他稱我是個天才混蛋時，我的靈魂就像注入了甘甜的烈酒。世界煥發的全新神采在我眼中發光。我的思緒從上百口活躍的泉眼中一噴而出。精神的火焰在我身上燃燒。我們投緣地談起老師和同學，希臘人和異教徒。貝克總想讓我招供情史，我只能閉口不談。我毫無經驗，無話可說。儘管許多感受、假想和幻覺在我心中燎原，但即便是酒，也無法釋放它們。貝克對女孩頗有研究。我興奮地聽他侃侃而談。他講得頗為玄妙。在寡淡的現實中幾乎不可能發生的事情，也被他講得有模有樣。快十八歲的阿方索·貝克已積累了不少經驗。別的不說，他認為女孩們無非是想賣俏，想讓人獻殷勤。這雖然漂亮，卻不真實。跟女人在一起才能有所收穫。女人比女孩智慧。比如開文具店的雅各特夫人，你可以跟她歡談，但她在櫃檯後面幹的事，你在任何書裡都讀不到。

我已微醉，又聽得入迷。當然，我不會愛上雅各特夫人，但聽上去匪夷所思。這種私密的消遣——至少對成人而言——我連做夢也想不到。它有些怪誕，比我夢想的愛情卑微、平庸——可這是現實，是生活，是冒險。而我身旁坐著的這位就曾身經百戰。於他而言，一切都自然而然。

我們的談話逐漸高潮退去。我有些失落。我不再是他口中的天才和小男子漢。我仍是個傾聽男人講話的男孩。但即便這樣——比起頭幾個月的日子，我依舊感覺美妙，宛如置身天堂。此外我隱約感到，我們踏進酒館後發生的一切都是禁忌，絕對的禁忌。無論是喝酒，還是我們的談話。至少我嗅到了思想和叛逆的氣息。

我清楚地記得那個晚上。我平生第一次喝醉。沿著昏黃的街燈，我們走在涼爽潮濕的夜裡。喝醉的感覺不好，極為痛苦——不只是痛苦，還有些刺激，有些甜蜜。喝醉是造反，是狂歡，是生命和靈魂！貝克讚賞我的勇氣，儘管他也狠狠地嘲笑了我的見識淺陋。他半拖半扶著將我從一扇敞開的窗戶中偷偷扔進宿舍。

酣睡半晌後，我從疼痛中醒來，清醒著，被幻滅的苦楚包圍。我坐在床邊，身上還穿著白天的襯衫。外套和鞋子扔在地上，散發著煙草和嘔吐物的氣味。我頭痛、噁心、口渴，腦海中卻浮現出一幅幅遙遠的畫面。我看見故鄉和家宅、父親和母親、姊妹和花園，看見我寧靜舒適的臥室。我看見學校、集市，看見德米安和堅信禮預備課——我所見的一切都璀璨生輝，光彩照人；一切都美好、神聖、純潔。一切，這一切——我知道——昨天，或許幾小時前還屬於我，恭候我，而現在，就在這沉淪時刻，它們已拋下我，厭棄地看著我。我不再擁有它們！一切父母在我金色的童年伊甸園裡就賦予我的愛和親暱，母親的每一個吻，每次耶誕節，每一個虔誠光明的安息日清晨，花園裡的每一朵花——都已毀滅，都已被我踐踏！如果現在有個暗探來捆綁我，要把我這個渣滓和瀆神者帶上絞架，我將束手就擒，並心甘情願地被他帶走。

這就是我的內心寫照！我，一個藐視塵世的浪子！精神上孤僻，和德米安的思想一致！我的面目是一個廢物，下流胚，喝得爛醉，渾身髒臭、噁心、無恥。一個野蠻的畜生，被可鄙的欲望操控！這正是我的面目：來自一座純潔耀眼、明媚嬌柔的花園，曾經熱愛巴哈的音樂和優美的詩篇！我厭惡而憤懣地聽著自己的笑聲，聽著一個酒鬼失控而時斷時續的愚蠢笑聲。這就是我！

但儘管如此，我仍享受這種痛苦。我已盲目而麻木地攀爬太久。我的心已在角落裡沉寂太久。為此，哪怕承受自責，承受殘酷和靈魂上極為可憎的折磨，我依舊在所不惜。這種感受猶如燃燒的火焰，而我的心，在火焰中顫抖！在愁悶的迷惘中，我竟獲得了解脫和希望。

外人看來，我正迅速地墮落。第一次酒醉後，很快有了第二次、第三次。學校裡不少學生喜歡去酒館喝酒胡鬧，我是其中最年輕的一位。但很快，我就不再是個被動的孩子，而是成了頭領和明星，成了一個著名而魯莽的酒館常客。我再次墮入黑暗世界，落入魔鬼之手。在這個世界中，我是條傑出的好漢。

可我依舊痛苦。我過著自我毀滅、尋歡作樂的生活。在我被同伴們視為英雄、視為一個大膽逗趣的傢伙時，我的心靈深處卻布滿恐懼和憂慮。我記得一個周日上午，我從酒館出來，看見街上一群孩子正玩耍得蓬勃歡快，頭髮梳得整齊，穿著安息日的衣裳，我竟掉下眼淚。當我坐在酒館骯髒的桌邊，喝著酒，高談闊論，我的朋友們因我的諷人嘲世而震驚或發笑時，我心中卻對我嘲諷的事物充滿敬畏。我早已暗自痛哭著跪倒在我的靈魂面前，跪倒在我的過去面前，跪倒在母親和上帝面前。

我從未在夥伴中找到歸屬感。在他們中間，我深感孤獨，也為此痛苦。這並非沒有原因。我是酒館英雄，是放肆的嘲諷者。談到老師、學校、父母和教會時，我總能在言談間表現出我的智慧和氣概——我能接受下流話，甚至自己也能說上幾句——但我從沒跟他們一起去找女孩。在我用語言把自己偽裝成老於世故的情場高手時，我孤單落寞，並狂熱而絕望地渴望著愛情。沒人比我更脆弱，更羞澀。當我迎頭遇上一位漂亮、整潔而嬌媚的姑娘時，我就像遇見心中聖潔的夢影般自慚形愧。很長時間，我甚至不敢去雅各特夫人的文具店，因為一看見她，我就想起阿方索．貝克說的那些事，就會滿臉通紅。

越是在夥伴中不斷地感到孤獨，我越是離不開他們。我完全不記得有哪一次醉酒和吹噓曾為我帶來快樂。我從未習慣酒精，每次喝醉都令我狼狽不堪。一切都像迫於無奈。我似乎必須這麼做，否則我就不知所措。我害怕長久的孤單，害怕我不時泛起的纖柔、羞澀的衝動，害怕時常襲來的綿綿愛意。

我最需要的是一個朋友。雖然有兩三個我很欣賞的同學，但他們為人正派，並因我的惡名而迴避我。對眾人來說，我是個毫無希望的浪子，過著日趨墮落的生活。老師們熟知我，經常處罰我。他們甚至就等著我被學校開除。我清楚，我早已不是個好學生。我沉悶壓抑地渾然度日，並深知，這樣的日子不會持續太久。

上帝預備了許多讓人深陷孤獨，走向自我的道路。那時，他就帶我走上一條滿是噩夢的路。越過骯髒齷齪，越過破碎的酒杯和嘲諷不休的夜晚，我看見自己——一個中邪的夢遊者，不安而痛苦地在一條醜惡不潔的路上攀爬。有些夢的盡頭站著一位公主，而我卻受困於臭氣熏天、滿是淤泥的死巷，無法走向她。我的處境正是如此！我以這種羞恥的方式沉湎於孤獨。在我和童年之間緊鎖著一道天堂之門，門口矗立著冷酷無情的衛士。但它是一個開端，是懷想自我的覺醒。

父親收到學校監管寄去的警告信後，來到St城。他突然出現在我面前，嚇得我魂飛魄散。而當他冬天再來時，我已不痛不癢，並任憑他責罵我、哀求我，或讓我想想我的母親。最終他大發雷霆，並憤怒地說，假如我不悔改，他將不再顧及學校是否羞辱我、開除我，或把我扔進教養院。他巴不得！他離開學校時我很難過。他對我毫無辦法。他根本無法與我交流。有時，我甚至覺得這是他活該。

至於我會怎樣，我並不在意。我以古怪下作的方式，以浪跡酒館和自吹自擂的方式與世界為敵。這是我的反抗。我想毀掉自己。有時我這麼想：假如這個世界不需要我這樣的人，沒給我預備更好的位置、指派更高的職責，那我只能自我毀滅。損失該由這個世界承擔。

那年的耶誕節過得極不愉快。母親再見到我時嚇了一跳。我又長高不少。消瘦的面頰蒼白倦怠，酗酒讓我看上去睡眼惺忪，整個人毫無神采。新生的鬍渣和最近戴上的眼鏡，更讓我在母親眼中顯得陌生。姊妹們見到我後，遮遮掩掩地咯咯笑我。這一切都讓我生厭。和父親在書房中的談話令人懊惱。和親戚們打招呼叫人尷尬。聖誕夜了無生趣。自從我出生以來，聖誕夜一直充滿喜樂、愛意和恩情。它是家中最重要的日子，更新著連結父母與兒女的紐帶。而這個聖誕夜卻很壓抑。像往常一樣，父親誦讀了福音書中曠野牧人「處處守護羊群」的一節。姊妹們一如既往，歡喜地站在禮物前。只是父親的聲音十分沉鬱，神情蒼老苦悶，母親則很憂傷。禮物和祝福，福音和聖誕樹——一切都變了樣。薑餅的香氣濃濃地散發著甜蜜的記憶。聖誕樹的芬芳，訴說著一去不返的往昔。然而，我卻一心盼著耶誕節和假期趕快結束。

整個冬天就這樣過去了。不久前，學校教務部嚴肅地警告並威脅我，我離被開除的日子不遠了。我滿不在乎。

在秋天遇見阿方索・貝克的那座公園，初春草木新綠的一天，我遇見了一位姑娘。那天，我正鬱悶地躑躅獨行。我身體虛弱，陷入持續的債務危機。我欠了同學不少錢，又時常編造理由向家裡討要。為了買煙買酒，我在幾家店裡都賒了賬。我並不為此憂愁：假如學校開除我，我投河自盡，或被送進教養院，這一切都會不了了之。但現實中，我卻不得不面對這些惱人的瑣事。

春日的一天，我在公園裡遇見一位迷人的姑娘。她身材苗條，著裝雅致，長著一張聰明又略帶男孩氣的臉。我立即喜歡上她。她是我熱愛的類型，令我產生幻想。她大約大我幾歲，看上去卻很成熟。她優雅豐滿，幾乎是位女士，臉上卻掛著令人心醉的傲慢和稚嫩。

我從未成功地接近過我愛上的姑娘。這次也不例外。但是她，卻比以往任何人都令我傾倒。甚至這份愛戀也對我的人生產生深遠的影響。

突然間，我眼前浮現出一幅畫面，一幅崇高的畫面——啊！我從未如此深刻而強烈地渴望去敬畏，去愛戀！我叫她貝緹麗采[6]。雖然我沒讀過但丁，但從英國的一幅油畫中，我得知她，還保存了一件複製品。畫中是一派前拉斐爾派的少女形象，四肢修長，身體和頭部纖柔，雙手和面孔充滿靈氣。我熱愛的那位年輕姑娘並不完全像她，儘管她也修長，也有那股我愛的孩子氣，也如她那般生機勃

6【編注】義大利中世紀著名詩人但丁的繆思女神。是但丁名著《新生》、《神曲》的創作泉源。

勃，超凡脫俗。

我和貝緹麗采沒說過一句話。但在當時，她卻對我影響至深。她就像一件眼前的聖物，為我開啟一座神殿。在這座神殿中，我成了一位朝拜者。一天工夫，我就徹底擺脫了酒精和夜遊。我又能享受孤獨，又重新愛上讀書和散步。

忽然的轉變令我飽受嘲諷。但我心中擁有愛慕崇拜的物件，擁有理想。生活再次充滿希望和五光十色的神祕曙光——這讓我對嘲諷不以為然。我又重新找回自己，儘管我只是一個我敬仰的幻影的奴隸和僕人。

回首那段歲月，我總是心懷感激。在一片坍塌的生命廢墟上，我再次竭盡全力，重建起內心的「光明世界」。我又全心全意地生活在渴望中，徹底清除了內心的黑暗和邪惡，完全駐留在光明中，跪倒在上帝面前。儘管這一當下的「光明世界」是我的虛構，但它卻非同於逃回母親的懷抱，或逃回不負責任的安全感中。它是嶄新的，是我自己創造和需求的職責，肩負責任，敦促自律。我為之苦惱並始終逃避的性欲，在這種神聖的火焰中，昇華為精神與虔誠。我的生活中不再有昏暗醜陋，夜晚，我不再嘆息。我不再為猥褻的畫面心煩意亂，不再偷聽禁忌的事物，不再沉迷於淫蕩的思想。取而代之的是我搭建的供奉著貝緹麗采的神殿。我獻身這座神殿，獻身精神與諸神。我將從黑暗中抽離的生活，獻祭於光明世界，並樂意為之犧牲。情欲的滿足不是我的目標。我的目標是純潔。不是幸福，是美和智慧。

對貝緹麗采的瘋狂愛戀，徹底改變了我的生活。我頃刻間從一個早熟的浪子，變為一個一心盼著成聖的神殿中的奴僕。我不僅戒除了惡習，還盼望改變一切，讓一切變得純潔、高貴而富有尊嚴。無論飲食、言談，還是著裝。我開始在清晨冷水沐浴，儘管最初的幾天十分艱難。我變得舉止沉穩，衣著正派，步履堅實。他人或許覺得我可笑——但對我來說，我的內心深處正舉行著一場神聖的禮拜。

在表達新思想的諸多實踐中，有一項尤為重要。我開始畫畫。原因是我的那幅英國的貝緹麗采畫像，並不完全像那位姑娘。我想自己把她畫下來。我興奮而滿懷希望地弄回房中——不久前我有了自己的房間——許多漂亮的紙、顏料和畫筆，準備了畫板、玻璃和瓷具。小支的蛋彩畫顏料十分精緻，讓我著迷。有一款熱情的鉻綠色，我至今難忘它第一次綻放在白色小瓷碟中的光彩。

我小心翼翼地開始動筆。人像難畫，我就先試著畫些小紋飾、花朵，或幻想中的一絹風景：小教堂邊的一棵樹、一座羅馬橋、橋邊的柏樹。有時，我完全迷失在遊戲中，幸福得像個擺弄顏料的孩子。終於，我開始著手畫貝緹麗采。

我扔掉了幾幅完全失敗的作品。越是極力想像那位我在街上遇見的姑娘，我就越是難於畫成，乃至最終放棄，乾脆開始畫一張陌生的臉，讓她跟隨想像，在我筆下的色彩中肆意誕生。漸漸地，那張夢中之臉躍然紙上，我對它感到滿意，但我仍舊繼續嘗試。我畫得越來越清晰，越來越像她，儘管我永遠無法畫出我的夢境。

我逐漸習慣用夢幻的畫筆，毫無藍本地繪製線條，填補色塊。這是一種下意識的遊戲般的探索，乃至終於有一天，我在不知不覺間畫出了一張臉。這張臉比以往任何畫作都更強烈地向我訴說著什麼。它不是那位姑娘的臉，要畫出她的模樣，我還需要許多練習。它有些別樣，並不真實，卻絕非毫無價值。它看上去與其說是女孩，不如說更像男孩，頭髮並非美麗的金色，像我喜歡的姑娘，而是紅褐色。她下巴堅毅，嘴唇殷紅。整張臉似面具般略顯僵硬，但令人印象深刻，並充滿祕密的活力。

我注視著這幅完成的畫作，感覺奇異。它像一尊神像，或一副神聖的面具。一半是男，一半是女，沒有年齡。它既意志強烈又空幻深思，既刻板又暗藏生機。這張臉屬於我。它向我訴說著，要求著。它似乎與某人相像，但究竟像誰，我卻並不知道。

那段時間，這幅畫占據了我的思想，分享著我的生活。我將它藏在抽屜裡，不讓任何人發現並因它而嘲笑我。但只要我獨自在家，我就拿出它，與它交流。晚上，我用別針將它別在床上方的壁紙上，看著它，直至進入夢鄉。而次日一早，只要一睜開眼，我就又能看見它。

我又開始像兒時一樣做夢。我已許久沒有夢過，現在，那些夢又帶著全新的畫面回來了，而那幅畫則最常浮現在我的夢中。它活著，說著話，時而親切，時而與我為敵。她時常像個野丫頭，時常又美輪美奐，和諧高貴。

有天早上，我又從這樣的夢中醒來，突然認出了畫中人。她正像老友般看著我，似乎在呼喚我的名字。她認識我，像位一直關愛我的母親。我激動得心跳加速，凝視著那幅畫，凝視她褐色濃密的頭髮，半女性化的嘴唇和閃耀著奇異光芒的堅毅前額（來自自然乾涸的畫布）。我漸漸認出她，重新發現她，領悟她。

我從床上跳起，站在那張臉面前仔細端詳。她大睜的綠眼睛凝視著我，右眼略高於左眼。忽然，她的右眼眨動了一下，既輕柔又精美，十分清晰。這一瞬，我認出了這幅畫……

我怎麼才認出它！它是德米安的臉。

隨後的日子，我時常將這幅畫和現實中的德米安比照。他們儘管相像，卻絕不相同。

但他仍是德米安。

一個初夏的傍晚，夕陽西下，一抹殷紅的暮光從朝西的窗子照進來，灑滿室內。我突發奇想，將那幅貝緹麗采，或德米安，釘在窗棱上端詳。夕陽穿透畫像照進來，那張臉漸漸模糊了輪廓，雙眼映得通紅，聖潔的額頭和鮮豔的嘴唇在畫布上散發出強烈而狂野的光。我長久地坐在畫前，光芒熄滅時，仍沒有移動。我逐漸產生一種感覺，這幅畫既不是貝緹麗采，也不是德米安，而是——我自己。它並不像我——也不必像我——但它是我生活的映射，是我的心，我的命運，我的魔鬼。如果我能找到一個朋友或愛人，那麼它就是我的朋友、我的愛人的樣子。它是我生死的模樣，是我命運的聲音和節奏。

那幾周，我正在讀一本書。它比所有書都令人難忘。即便在往後的日子，我也很少有這樣的閱讀體驗——除了尼采。它是諾瓦利斯[7]的書信和格言集。我並非全能讀懂，但它卻難言地吸引我。我記起書中的一句格言，用毛筆寫在了畫的下方：「命運和性情是一個概念的兩個名字。」那一刻，我領會了這句話的含義。

我常遇見那位被我稱作貝緹麗采的姑娘。每次遇見她，我都渾身無力，但心中又有一絲溫存親密和隱隱的深情：你和我相關，但不是你，而是你的意象。你是我命運的一部分。

7 諾瓦利斯（Novalis，一七七二年至一八〇一年），德國浪漫主義詩人、作家、哲學家。

我再度強烈地渴望著馬克斯·德米安。我已幾年沒有他的音信。唯一一次見到他是在假期。我現在認為，我故意忽略那次短暫的相遇，是因為我的羞愧和自負。我必須彌補這段記憶。

那是假期中的一天。我在老家的街上閒逛。成天出入酒館讓我驕矜傲慢，臉上掛著幾分疲倦。我提著一根手杖，打量著街上那些蒼老的、一成不變的、卑賤的市井小民。這時，我昔日的朋友迎面走來。看見他我嚇了一跳。在這閃電般的瞬間，我竟想起了弗朗茨·克羅默。但願德米安已徹底忘了這個人！對他的虧欠讓我不知所措——儘管那不過是段蒙昧的童年往事，但他畢竟有恩於我……

他似乎等著我和他打招呼。見我毫無舉動，他向我伸出手。我重溫了他握手的方式！強勁溫暖，又冷靜而充滿男子氣概！

他仔細端詳我的臉，對我說：「你長大了，辛克萊。」而他看起來卻毫無變化。同樣老成，同樣年輕，一如往昔。

我們並肩散著步，說著些無關緊要的話，絲毫不提過去。我突然記起我曾給他寫過信，他從未回覆。啊！但願他已忘了那些愚蠢的信！他對此隻字未提。

那時我正自甘墮落，生活中還沒有貝緹麗采，也沒有畫像。走到城裡，我請他一起去酒館，他沒有拒絕。我大模大樣地點了一整瓶酒，斟滿酒杯，和他碰了碰，並表現出一副學生中酒場老手的架勢，一口乾了杯中酒。

「你經常來酒館？」他問我。

「是啊。」我悻悻地說，「不然呢？說到底，還有什麼事比喝酒更有趣！」

「你這麼看？也有可能。其中不乏美妙——神魂顛倒，就像遭逢酒神！但我認為大部分經常去喝酒的人早已喪失了這種美妙的感受。在我看來，泡在酒館裡很俗氣。在昏黃的光火中混上一晚，一醉方休，的確不錯！可是一去再去，一杯接一杯，難道這是真的在喝酒？難道你想像浮士德一樣，每晚在酒館買醉？」

我一邊喝著，一邊懷恨地看著他。

「沒錯。但不是每個人都是浮士德。」我冷冷地說。

他有些驚訝地看著我。

接著，他帶著一貫的活潑和超然笑了起來。

「哎，我們為何爭執呢？酒鬼或浪子的生活無論如何比那些無可指摘的市民生活有趣。而且——我讀到過——要想成為神祕主義者，最好的準備就是過放蕩的日子。先例很多，比如聖奧古斯丁，他最後成了先知。從前他也曾是個享樂派。」

我表示懷疑，卻絕不想被他占上風。於是我傲慢地說：「是，人各有志！但是我，坦率地說，根本不想成為什麼先知。」

德米安注視著我，輕瞇著雙眼流露出智慧的光。

「親愛的辛克萊，」他緩緩說，「我並非有意說些讓你不愉快的話。另外，你和我都不清楚，你眼下為何酗酒。但你心中指引你生命的東西，卻清楚地知道一切。能認識這點真好：在我們心中，住著一個無所不知、無所不求的人。他所做的一切遠比我們自己做得更好。——抱歉，我要回家了。」

我們匆匆告別。我獨自愁悶地坐在酒館，喝光了我的酒。準備離開時，我發現德米安已經付了賬。這讓我更為氣惱。

我的心被這件事占據，難忘德米安。他在城郊酒館裡說的話不斷浮現腦海，久久縈迴，異常清晰：「能認識這點真好：在我們心中，住著一個無所不知的人！」

我望著掛在窗上的畫。它已褪色，但那雙眼睛依舊發著光。那是德米安的目光。或是我身上那個人，那個無所不知的人的目光。

我多麼思念德米安！對他的近況我一無所知，也無法找到他。我只知道，他可能在某地讀大學。自從他高中畢業，他母親就搬離了我們的城市。

我在回憶中尋找德米安，一直追溯到那段我和克羅默的往事。他說過的話再次迴響耳畔，並在今天依舊具有意義，依舊觸動我！即便在我們最後這次不愉快的相遇中，他講的浪子和聖人，也突然照亮我的靈魂。這難道不正是我的處境？難道我不是活在迷惘和骯髒中，活在麻痺和悲涼中，直至一種全新的生命力在我心中驅散陰霾，綻放生機，讓我去渴望純潔，渴望神聖？

我就這樣繼續沉浸在回憶中。夜已深，外面下起了雨。我的記憶中也下著雨。那個雨天，德米安在栗樹下問我關於弗朗茨．克羅默的事，猜測我人生中的第一個祕密。一段記憶勾起另一段記憶。我想起我們在上學路上和堅信禮預備課上的交談。最後想起我和馬克斯．德米安的首次相遇。我們是怎麼遇上的？我竟一時想不起。我細思慢想，讓自己完全沉潛於記憶深處。想起來了！他給我講了他對該隱的看法後，我們站在我家門口。他談到我家拱門上的拱心石，那枚古老的難於辨識的徽章。他說，他對那枚徽章很感興趣。人們應當注意這些東西。

夜半時分，我夢見了德米安和那枚徽章。徽章在德米安手中不斷變形，忽而微小暗淡，忽而碩大多彩。但德米安告訴我，它始終是同一枚徽章。最後，他竟強逼我吃下那枚徽章。我吞下它，卻震驚地發現，徽章上的雀鷹在我體內活了。它充滿我的身體，開始咀噬我。我嚇得要命，從夢中驚醒。

徹底清醒後，我聽見夜半的雨颳進屋裡。我起身關窗，踩在地板上某件發亮的物件上。清晨後我才發現，它是我畫的那幅畫。它浸泡在潮濕的地板上，已經變了形。我將它繃緊，吸乾，夾在一本厚書中。第二天，從書中取出它時，它已經乾了，卻變了樣。畫上的嘴唇不再殷紅豐滿。現在，它看上去就像德米安的嘴。

我開始畫一幅新畫，畫那枚徽章。它原本的樣子我已記不清楚，再加上它太古老，又經過多次粉刷，一些細節即便細看也難於辨識。那隻雀鷹或站或臥在花上，或竹籃上、雀巢上、樹冠上。我不去追究，開始動筆畫我記憶中清晰的部分。我下意識地以濃色起筆。雀鷹的頭部在畫布上呈金黃色。我隨性地畫著，幾天就畫完了。

只是，它成了一隻猛禽，長著一顆野性而勇猛的雀鷹頭。它的半個身子困在一個黑暗的球體中。一片湛藍的天空下，它彷彿正從巨大的球體中奮爭而出。我久久注視它。越看，它就越像我夢中那枚多彩的徽章。

即便知道地址，我也不會給德米安寫信。但就像當時我所做的一切都來自夢的預示一樣，我決定將這幅雀鷹寄給他，無論他是否能收到。我隻字未寫，甚至沒寫我的名字。我小心地剪裁了紙邊，買了一個大信封，並在上面寫下他當年的地址，寄了出去。

考試臨近了。不比平時，我不得不下些功夫。自從我突然戒除了惡習，老師們已重新接納我。儘管我仍不是個好學生，但無論是我還是別人，都已不再記得，半年前我幾乎是個要被學校開除的學生。

父親的信逐漸恢復了從前的口氣，沒有了責備和恫嚇。但我毫無興致，向他或任何人解釋我的轉變。它不過恰好吻合了父母與老師的期望。這種偶然沒有將我帶向任何人，沒有拉近我和任何人，它讓我更加孤單。它引領我走向德米安，走向遙遠的命運。我身陷其中，渾然不覺。貝緹麗采雖然是這一轉變的引子，但一段時間以來，我都與我的畫一起生活在虛幻的世界中，思考著德米安，甚至在我的眼中和心中，貝緹麗采已徹底消失。我不能跟任何人談及我的夢、我的期待和我內心的轉變。即便我有這種願望，我也無法做到。

可我怎會有如此願望？

鳥奮爭出殼

Der Vogel kämpft sich aus dem Ei

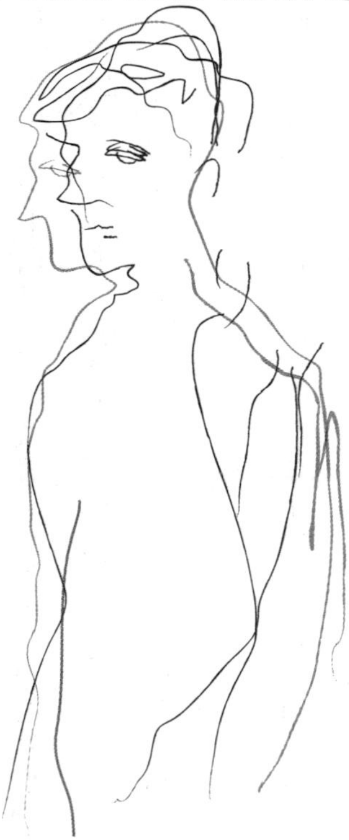

鳥奮爭出殼。蛋就是世界。誰若要誕生，就必須毀掉世界。鳥飛向神。神叫阿布拉克薩斯。

我畫的夢中鳥已經上路，去尋找我的朋友。我也以一種奇特的方式收到了回信。

課間休息後，我在教室的書桌上發現了一張夾在書間的紙條。它折疊得十分普通，就像同學們在課堂上偷偷傳遞的紙條一樣。我只是奇怪，誰會傳給我。在我的印象中，班裡還沒有什麼人和我有過如此交往。我想，我不必理會這類惡作劇。我沒打開它，就直接放回書裡，直至上課後，它才再次偶然落入我手中。

我擺弄著那張紙條，發現上面寫著字。我瞥了一眼，不由被幾個詞吸引，繼而震驚地讀起來。我倒吸一口涼氣，心像被命運緊緊捉牢：

「鳥奮爭出殼。蛋就是世界。誰若要誕生，就必須毀掉世界。鳥飛向神。神叫阿布拉克薩斯。」

我默讀幾遍後陷入沉思。毫無疑問，這是德米安的回信。世上除了我和他，沒人知道鳥的故事。他收到了我的畫，看懂了我的畫。這是他的解釋。但這是怎麼回事？並且——最令人疑惑的是，什麼是阿布拉克薩斯？我從未聽說過，也從未讀到過。「神叫阿布拉克薩斯！」

直至這堂課結束，我都沒有聽講。上午的最後一堂課開始了。講課的是位剛剛大學畢業的助教。大家對他很有好感，因為他年輕，又從不裝模作樣。

浮倫博士帶我們讀希羅多德[8]。它是少數我感興趣的課目之一。但今天，我卻無法專心聽課。我機械地打開書，無法緊跟譯文，而是沉浸在我的思緒中。我的經驗已多次證實，德米安在靈修課上說過的話完全正確。只要人的意志足夠強大，他就能實現目標。如果我在課堂上完全陷入沉思，就能安靜地不被老師打擾。是的，假如人精神渙散，昏昏欲睡，老師就會突然站在面前，我遇到過這種情形。但當人真正思考，真正全神貫注時，他就會受到庇護。此外，我也曾目光

8　Herodot，古希臘歷史學家。

堅定地緊盯別人，這個方法也很奏效。和德米安在一起時，我從未成功。現在我卻時常意識到，以目光和思想，人能實現很多願望。

此時，我正在遠離希羅多德和學校的地方思考著。但突然，老師的聲音像閃電般闖入我的意識，我猛然回過神，聽見了他的聲音。他正站在我身旁，我想，他叫了我的名字。但他並沒看我。我鬆了口氣。

我又聽見他的聲音。大聲地，他說出一個詞：「阿布拉克薩斯。」

浮倫博士接著我錯過的部分繼續道：「我們不該從理性主義角度出發，認為古代教派和神祕社團的觀念幼稚。古人根本不瞭解今人意義上的科學。但那時對哲學神祕學真知的研究卻十分卓越，某種程度還滋生了甚至用以行騙和犯罪的巫術和戲法。但即便是巫術，也具備高貴的來源和深刻的思想。比如我剛才舉例的阿布拉克薩斯。人們認為它源自希臘咒語[9]，是某位迄今仍被一些野蠻民族信奉的魔鬼的名字。但阿布拉克薩斯的含義似乎更為廣泛。我們可以將它理解為神的名字，理解為結合了神靈與魔鬼的神祇象徵。」

這位矮小淵博的男人繼續著他精彩激昂的講解，但沒人注意聽。而自從他不再提起那個名字，我的注意力也再次回到我的思緒中。

「結合了神靈與魔鬼。」他的聲音迴響著。這句話與我的思想相關。過去，我和德米安曾經常談及這一話題。德米安當時說，我們有一位敬拜的上帝。但這位上帝，卻專斷地將世界一分為二，並只向我們展示其中的一部分（這部分公開的世界被稱作「光明世界」）。人必須敬拜整個世界。也就是說，人們要麼敬拜一位亦是魔鬼的上帝，要麼必須在敬拜上帝之外，還要敬拜魔鬼。而這位阿布拉

9【編注】Abraxas，希臘巫術用語，相當於希臘文的「365」，也就是一年的日數。神祕學家、巫師、祭師等，都將這個字雕刻在寶石上面，作為一個強而有力的護身符。

克薩斯，就是一位既是神又是魔的上帝。

那段時間，我以巨大的熱情投入到探尋這一思想的蛛絲馬跡中，卻一無所獲。我翻遍了整個圖書館，沒能找到一本關於阿布拉克薩斯的書。我承認，我天生不會執意去尋找什麼。更不必說最初發現的真相，只會變為無法脫手的累贅。

我癡迷許久的影子，貝緹麗采，已漸漸暗淡，或許她已遠離我，不斷靠近地平線，變得模糊、遙遠、蒼白。她不再充滿我的靈魂。

我開始以獨特的方式退居內心，並在內心發生全新的認知，宛如一位夢遊者。我對生命的渴望在心中綻放。對貝緹麗采的一度愛戀曾平復我的性欲，安撫我對愛情的嚮往，而現在，我的渴望有了新景觀、新目標。我依舊無法獲得滿足，更不可能像同學們那樣，在追逐女孩中獲得幸福，逃避我的新渴望。我又開始不斷做夢，白天比夜晚夢得更多。各種想像、願景和期待齊聚心頭，將我與外部世界隔絕。我真實而熱烈地與我內心的景象、夢幻以及夢的影子交流、生活，更多於與現實世界。

一個反覆出現的夢或一幅幻景，對我意味深長。它是我生命中最重要、最難以釋懷的夢。夢的情形是這樣的：我回到父親家中——拱門上的雀鷹在藍色的基座上閃著金光——母親在家中迎候我——但當我踏進房門，準備擁抱她時，她卻不再是她，而是變成了一個我從未見過的人，高大、強壯，像馬克斯・德米安和我的畫中人，卻又不完全相同。除了她的強大外，她完全是位女性。這個人拉住我，靠近她，給了我一個既深情又令人受驚的愛之擁抱。狂喜和戰慄交織著，這個擁抱既是禮拜，又是罪孽。太多我對母親的記憶，對我的朋友德米安的記憶，從她的形象中一閃而過，包圍我。她的擁抱背棄了一切神聖，卻帶我步入極樂的巔峰。時常，我帶著強烈的幸福感，從這個夢中醒來。時常，我又感到極度恐懼，良心受盡折磨，就像犯下了滔天大罪。

不知不覺中，這一完全潛在的內心畫面和現實中明顯的暗示，通過我尋找的那位神連接起來。它們越來越緊密，越來越親暱。我開始感到，正是在充滿預感的夢中，我呼喚著阿布拉克薩斯。狂喜和恐懼、男人和女人融為一體，最神聖的和最卑劣的交織一處，沉重的負疚在溫柔的無辜中戰慄——這就是我的愛之夢。這就是阿布拉克薩斯。愛不再是最初讓我惶恐的、獸性的黑暗欲望，不是像我對貝緹麗采的畫像那般虔誠的精神崇拜。愛是兩者兼具。愛是更多。愛是天使和撒旦，是男人和女人，是人和獸，是崇高的善和卑劣的惡。我注定生活在這種愛中。我的命運就是去品嘗這種愛。我渴望它，害怕它，但它永恆存在，並永遠在我的上方盤旋。

第二年春天，我將告別高中去讀大學。我還不知去哪裡，讀什麼。我的嘴唇上長出鬍渣，我已是個真正的成人，卻依舊惶惶無措，毫無目標。我唯一確定的是我內心的聲音，我的夢境。我的使命是盲目地跟隨它們的指引，但我卻倍感艱難，並日日與自己為敵。或許我瘋了，我常想。或許我與別人不同？可我也能取得他們的成績。只要勤奮努力，我也能讀柏拉圖，能解幾何題，能理解化學方程式。唯有一點我無法做到：拋棄祕密隱藏在內心的目標，去繪製現實的藍圖，就像那些知道自己要成為教授、法官、醫生和藝術家的人一樣。他們知道實現目標需要的時間，未來有何收穫，我卻不能。或許有一天我也會像他們一樣精心盤算，誰知道？或許我也將不停地尋找，一年一年，一無所獲，一無所成。或許我也走向某個目標，但那裡卻布滿邪惡、危險和恐怖。

我所想望的，無非是試著依我自發的本性去生活。為何如此之難？

我常想畫出我心中那充滿力量的愛人形象，卻從未成功。假如我能畫出她，我一定將它寄給德米安。他在哪裡？我不知道。我只知道，他和我相連。何時我才能再見到他？

貝緹麗采時期的愉快與寧靜已成過去。我那時認為我已抵達心靈的島嶼，覓得安寧。但事情總是如此——一旦我愛上我的處境，找到我的夢想，它們就立即凋零、幻滅。即便悲嘆也是枉然！現在，我活在熱烈不安的渴望和急切的期待中，時常癲狂。我時常看見我的夢中情人，活躍地出現在眼前。她在我眼中比我的雙手更為清晰。我和她交談，在她面前哭泣，罵她。我稱她母親，哭著跪在她面前。我稱她愛人，渴望她成熟而銷魂的吻。我稱她魔鬼和妓女，吸血鬼和兇手。她誘使我步入溫柔的愛之夢，誘使我幹下無恥放蕩的勾當。對她而言，美善與高貴，邪惡與卑賤並不存在。

整個冬天，我都在難以描述的內心風暴中度過。我早已習慣的孤獨不會給我帶來壓力。我和德米安和雀鷹生活在一起，和我夢中的巨人生活在一起。她是我的命運，我的愛人。生活中有了他們已經足夠。因為一切都朝向偉大與寬廣，都意味著阿布拉克薩斯。但沒有任何夢，任何思想聽命於我，我無法召喚它們，無法依我的喜好擺布它們。它們來，帶走我。我被它們統治，靠它們為生。

我與周圍世界的關係十分穩定。對人，我並無畏懼。同學們意識到這點，私下裡佩服我。我只覺好笑。如果我願意，我能看透他們中的大多數人，能因此而讓他們震驚。但我很少乃至從不那麼做。我整日與自己相處，無暇顧及其他。我所熱切渴望的，不過是活一次，將那自發的自我拋向世界，與之相連，或與之抗爭。有時，我在深夜的街上奔跑，煩躁不安，直至午夜才回到家中。有時我想，現在，就是此刻，我一定會遇到我的愛人，她就在下一條街的拐角，在窗口呼喚我。有時，這一切折磨我，讓我無法承受，我甚至準備結束生命。

就在這時，我找到了一個庇護所——出於人們常說的「偶然」。世上並無偶然。假如人一定要找到什麼，他一定能找到。這不是偶然。而是他自己、他的渴望和需求在引領他。

我在城裡的兩三次散步中，聽見近郊一所小教堂中傳出的管風琴聲。我並未停步。再次路過時，我聽出堂中正在演奏巴哈。我朝大門走去，發現它緊鎖著。街上空無一人。我坐在教堂旁的石墩上，豎起了大衣的領子，凝神傾聽。管風琴不大，音色卻極好。演奏得相當精彩。演奏者以意志和頑強表達出獨特而極度的個性，宛如祈禱。我有一種感覺：他一定發現了音樂中的珍寶。他不遺餘力地求索著、叩擊著這一珍寶，就像叩擊自己的生命。我對音樂技巧所知不多，但從童年起，我就對這一靈魂的表達有著本能的領悟。愛好音樂是我發自內心的自然流露。

音樂家又演奏了幾段現代音樂。或許是雷格[10]的作品。教堂內一片漆黑，唯有一束微光斜射進窗子。我徘徊在教堂門前，直至音樂結束，那位管風琴師從教堂出來。他是個年輕人，比我年長。樣子矮胖，結實。他走得飛快，步伐有力，似乎滿懷憤懣。

我時常在傍晚時分徘徊在教堂前。有一次，我看見門開著，走進去，在座椅

10 Max Reger，德國作曲家。

上坐了半個時辰。我冷得發抖，卻感到幸福。樓上的音樂家在微光中演奏著。音樂中，我不僅聽見他，還聽見一切。他演奏的一切都來自同一源頭，都有一種祕密的關聯。他演奏的一切都是對信仰的虔誠奉獻：不是教徒的虔誠或牧師的虔誠，而是一位中世紀朝聖者和苦行僧的虔誠，帶著不顧一切獻身於塵世的虔誠，超越一切教派。他不知疲倦地演奏著巴哈之前的大師作品，也演奏古義大利作品。所有音樂都訴說著同樣的言語，訴說著音樂家的靈魂：他的思慕，他對世界最熱誠的渴望，他與世界最粗暴的告別；他熱切地聆聽他黑暗的靈魂，他對奉獻的陶醉，對奇蹟深切的好奇。

有一次，我偷偷尾隨著從教堂走出的音樂家，看見他進了一家近郊的酒館。我跟進去，第一次看清了他的樣貌。他坐在酒館的角落，頭上戴著一頂黑氈帽，面前擺了一杯酒。他的臉和我想像的一樣：醜陋，粗野。神色間充滿探尋、執拗、頑強和意志，嘴唇卻帶著幾分稚氣。他的前額和眼睛彰顯男子氣概，下半張臉卻溫柔天真，有些衝動和懦弱。他的下巴顯得遲疑、幼稚，似乎在抗拒著他的額頭與目光。我喜歡他那寫滿傲慢和敵意的深褐雙眼。

我沉默地坐在他對面。酒館裡沒什麼人。他瞪著我，想用目光趕走我。我不迴避他，堅定地看著他，直至他開始粗暴地嘟囔：「您這樣盯著我，是想討罵？您想從我這裡得到什麼？」

「我什麼也不要。」我說，「您已經給了我很多。」

他皺了皺眉。

「看來您是個音樂狂？我認為，沉迷音樂讓人噁心。」

我沒有退縮。

「我經常聽您演奏，在教堂外。」我說，「我不想打擾您。我想，我似乎在您身上發現了什麼，一些特殊的東西。我說不清。但您最好別理我！我只想在教堂裡聽您演奏。」

「我的門總是鎖著。」

「您有一次忘了鎖門。我坐在裡面。否則，我就站在外面，或坐在路邊。」

「原來如此。下次您可以進來，裡面暖和。您只要敲門，但聲音要大，而且別在我彈琴時敲。現在您說說吧——您到底想幹什麼？您這麼年輕，想必是個中學生或大學生。您是學音樂的？」

「不。我喜歡音樂，但我只聽您演奏的那類音樂，純粹音樂。聽的時候，我就像走在天堂與地獄之間。我想，我熱愛音樂，是因為音樂極少鼓吹道德。我所尋找的，不是其他那些宣講德性的事物。道德讓我痛苦。我表達不好——您可知世上有一位既神聖又邪惡的上帝？我聽說曾有過一位。」

音樂家向後推了推大氈帽，甩了甩他寬大前額上的一縷黑髮，緊張地看著我，並隔著桌子俯身湊向我，輕聲而急切地問：「您所說的這位上帝，叫什麼名字？」

「可惜我除了名字，對他一無所知。他叫阿布拉克薩斯。」

音樂家不安地環顧四周，就像擔心有人偷聽。接著，他再次湊近我，輕聲說：「我想也是。您是什麼人？」

「我是個高中生。」

「您從哪裡聽說的阿布拉克薩斯？」

「偶然聽說。」

他猛地一捶桌子。酒杯一震，濺出了酒。

「偶然！不要信口雌黃，年輕人！人不會偶然知道阿布拉克薩斯。這點您記住。我可以告訴您更多關於他的事。我對他有所瞭解。」

他沉默下來，往後挪了挪椅子。我正滿臉期待地看著他，他卻扮了個鬼臉。

「這次不說！下次——接著！」

說著，他從他一直穿在身上的大衣口袋裡掏出幾顆烤栗子，扔給我。

我接過栗子，吃起來，沒有說話，感到心滿意足。

「那麼！」片刻後，他低語道，「您是從哪裡知道的——他？」

我毫不遲疑地回答了他。

「當時我很孤獨，不知所措。」我說，「於是我想到一位早年的朋友。在我看來，他無所不知。我畫了一隻正在掙扎著衝破球體的鳥，寄給了他。不久後，我幾乎無法相信，我收到了一張紙條。上面寫著：『鳥奮爭出殼。蛋就是世界。誰若要誕生，就必須毀掉世界。鳥飛向神。神是阿布拉克薩斯。』」

他沒有應答。我們剝栗子吃，喝著酒。

「再來一杯？」他問。

「謝謝，不了。我不愛喝酒。」

他笑起來，有些失望。

「隨您的便！我愛喝酒。我再待會兒。您想走，儘管走！」

再次聽他演奏後，我們一起走出教堂。他有些沉默。我跟著他穿過一條老巷，進了一所古老氣派的房子。我們上了樓，步入一間寬敞昏暗又有些破敗的房間。屋子裡除了一架鋼琴，沒有其他與音樂相關的物品。巨大的書架和書桌，為空間平添了幾分書卷氣。

「您的書真多！」我讚嘆道。

「一部分是我父親的藏書。我住在他這裡——是啊！年輕人，我和父母住在一起，但我不能介紹您認識他們。在這個家中，我沒有地位。您知道嗎？我是個浪子。我父親是城裡受人尊敬的知名牧師和傳教士。而我，坦白告訴您，我是他天資聰穎、前途光明，卻不務正業、近乎瘋狂的兒子。我曾攻讀神學，並在國家考試前放棄了這一幼稚的學科。儘管我仍在這個領域自修。對我來說，研究人類創造的各種神極為重要，也一直是我最大的興趣所在。此外，我現在是個音樂家。將來，看樣子，我很快會得到一個小管風琴師的職務。這樣，我還要待在教堂。」

我瀏覽著書架上的藏書。檯燈的微光下，我看見一些書的書脊上寫著希臘文、拉丁文和希伯來文。昏暗中，我的新朋友正俯下身，準備趴在牆邊的地板上。他似乎要做什麼事。

「您過來。」過一會兒，他對我說，「我們做些哲學訓練。也就是趴下，沉默，思考。」

說著，他扔進壁爐裡一根擦著的火柴。紙和柴火燃燒起來。火越燒越旺。他仔細撥弄著火。我趴在他身旁破舊的地毯上。他凝神注視著火。我也被火光吸引。就這樣，我們沉默不語，整整在跳動的火苗前趴了一小時——看著火熊熊燃燒，又顫抖著逐漸枯萎，最終歸於沉寂，在壁爐中化為灰燼。

「拜火教算不上人類最愚蠢的發明。」他喃喃道。除此之外，我們並未作聲。我盯著火，陷入寧靜的夢中，看見火焰中繚繞的形狀和灰燼中的各種幻象。

我的同修者扔進壁爐中一塊松脂。一小簇火苗跳躍起來。我看見火中顯現出一隻鳥，長著黃色的雀鷹頭。漸漸熄滅的火中，金色的火絲編織成巢穴，形成字母和圖畫。我回憶起一些面孔，一些動物和植物、蟲和蛇。當我從幻覺中回到現實時，我看見他正托著下巴，陶醉而癡狂地注視著灰燼。

「我得走了。」我輕聲說。

「好，您走吧。再見！」

他沒有起身。火已熄滅。我艱難地摸索著穿過黑暗的房間和走廊，走下樓梯，離開了這棟富有魔力的老宅。大街上，我停下腳步，又望了它一眼，看見所有的窗戶都漆黑一片。在煤氣路燈的照耀下，一面銅牌立在門口，發著幽光。

銅牌上寫著：「皮斯托琉斯，主牧師。」

回到我的小屋中吃過晚餐後，我才忽然想起，我既沒從他那裡瞭解更多關於阿布拉克薩斯的事，也對皮斯托琉斯所知甚少。我們之間的談話不足十句，但我喜歡這次拜訪。他還答應，下次會為我演奏一曲精緻的管風琴曲，布克斯特胡德[11]的《帕沙卡里亞舞曲》（*Passacaglia*）。

我並未認識到，和音樂家皮斯托琉斯一同躺在他幽僻房間的壁爐前時，他已為我上了一課。注視火光對我有益。它喚醒了我的某種一直忽視的興趣。我逐漸意識到這點。

小時候，我就有觀察自然的愛好。不是簡單地觀察，而是深深沉迷於它的魔力和它複雜深刻的語言。樹的盤根錯節，岩石多彩的紋路，水上漂浮的油珠，玻璃的裂紋——這一切對當時的我都極具魅力。水和火、煙霧、雲朵和塵土，尤其是當我閉上雙眼時看見的旋轉色塊。第一次拜訪皮斯托琉斯後，我又想起這一切，內心明顯變得強大而愉快。一種覺醒在增強。所有這一切，都該感謝那次對

11 Buxtehude，巴洛克時期德國丹麥裔作曲家。

火的凝視。一種多麼令人驚奇、難忘而充實的凝視！

在探尋生命真諦的路上，我已積累了微少的經驗。而現在，我又有了新經驗：觀察一種新景象，沉迷於它非理性的、混亂而奇異的自然形態，並在心中與創造這一景象的意志和諧統一——人能迅速感知它的誘惑，並將這一景象視為自己的情緒、自己的創造——我們看見自身與自然的界限在震顫，在模糊。而我們認識了這種情境，卻並不知道，它究竟來自外部世界映入眼簾的畫面，還是來自內心的圖景。沒有什麼比觀火更能簡單地讓我們發現，我們是多麼出色的造物者。我們的靈魂一直在參與著世界持續的創造。確切地說，在我們心中和在自然中，活躍著同一個神。當外部世界衰敗，我們中的某人一定會站出來將其重建，因為山脈、河流、樹木、葉子、根和花，一切自然中的景象，早已存在於我們自身，來自我們的靈魂，是我們靈魂中永恆的本質。我們不瞭解這種本質，但是愛和創造卻常常讓我們有所感知。

幾年後，我在達文西的一本書中證實了我的觀察與思考。他說，觀察一面啐滿口水的牆，是美好深刻而刺激的體驗。他在潮濕牆面的每片痕跡中的感知，正是皮斯托琉斯和我一起觀火時的體驗。

再見到音樂家時，他對此做出了解釋。

「我們對人性的界定太過狹隘！我們從個人與他者的差異中辨識個性，但我們是由世界的全部構成。我們每個人肉身進化的譜系，都可追溯到魚，甚至追溯得更遠。因此，我們的靈魂中包含了曾經居住過人類靈魂中的一切。一切存在過的神靈與魔鬼——無論在希臘人、中國人，還是祖魯人身上——都與我們的內心同在，都作為可能性、願望和出路存在。如果人類瀕臨滅絕，只剩下一個天資尚可，從未受過教育的孩子，那麼，即便是這個孩子，也會重新發現萬物的運作，重新創造出神靈、魔鬼、天堂、戒律、禁忌，創造出《新約》和《舊約》，創造出一切。」

「好。」我反駁道，「可個人的價值何在？如果一切都已在人的內心成熟，人又為何奮爭？」

「住口！」皮斯托琉斯暴躁地喊道，「世界於人自身的存在，和人是否知道這種存在，差異巨大！一個瘋子能說出讓人憶及柏拉圖的話；一位亨胡特兄弟會[12]學園中虔誠的小信徒，能深入而創造性地思考諾斯底教派[13]和索羅亞斯德教派[14]的神話學關聯。但他們一無所知！只要他們毫無認知，他們就是樹，是石頭，最多是動物。而一旦知識在他們心中光芒微現，他們便成了人。難道您在街上見到的所有雙足動物都是人，只因他們能直立行走，能十月懷胎？您要知道，他們中有眾多的魚和羊、蠕蟲或水蛭、螞蟻和蜜蜂！他們具備成為人的可能。

12 Herrnhuter，由波西米亞兄弟會派生。是基督新教和後來的虔敬主義生發的基督教派信仰運動。

13 Gnostikern，即靈知派。最早產生於基督教與新柏拉圖主義體系內。

14 Zoroaster，古波斯國教的起源。

但首先，他們必須認識到這種可能性的存在，甚至去學習認識，才能擁有這種可能。」

我們的談話大致如此。我認為能震撼我的新東西不多。但所有談話，哪怕是乏味無奇的內容，都輕柔而持續地捶打著我內心的某一部位，幫助我成形，衝破束縛，打碎蛋殼。每一記捶打都讓我更加自信，更加自由，直至讓我那隻黃色的雀鷹，以它美麗的頭顱沖出破碎的世界。

我們經常互訴彼此的夢境。皮斯托琉斯擅長解夢。有個奇妙的例子令人難忘。有一次，我夢見自己能飛。某種程度上，我是難以自持地被一種巨大的力量拋向空中。飛翔令人振奮，但很快，我就失控地被拽向危險的高處，感到害怕。就在我害怕的瞬間，我突然釋然地發現，我能借助呼氣和吸氣，控制飛行的上下方向。

對此，皮斯托琉斯解釋說：「推動您飛翔的力量，是一種偉大的人性財富，世人皆有。它是一種與萬力之根緊密相連的感覺。但很快，這種感覺就令人恐怖，令人陷入危險！為此，大部分人會放棄飛翔，走上安分守己的庸常之道。但您沒有。您繼續飛翔。您是位有才幹的青年。看！飛翔中您有了奇妙的發現，您能駕馭一切。在驅動您飛翔的巨力之外，您獲得了屬於自己的力量。它雖然微小、纖細，卻是一種工具、一個舵盤！非常了不起。沒有它，人會失控地衝出天際，像個瘋子。但您擁有深刻的洞察力，超越了那些安分守己的人。他們沒有鑰匙，沒有舵盤，只能跌入深淵。但是您，辛克萊，您有所作為！而怎麼做，您難道全然不知？您運用了一種新工具，一種呼吸調節器。您應當意識到，在您的心靈深處，『主觀』甚少。心靈中的『主觀』無法發明調節器！它不是創新，只是借鑒！它已存在千年。它是魚的平衡器，是魚鰾。事實上，今天仍有幾種少見而古老的魚，它們的魚鰾同時具備肺的功能，在必要情況下呼吸空氣。您的肺同樣，在您的夢中行使了魚鰾的功能！」

他甚至拿出一部動物學著作，讓我看一種古老魚類的名稱和插畫。懷著奇異的戰慄，我暗暗感到，一種進化初期的功能在我體內復活。

雅各與天使摔角

Jakobs Kampf

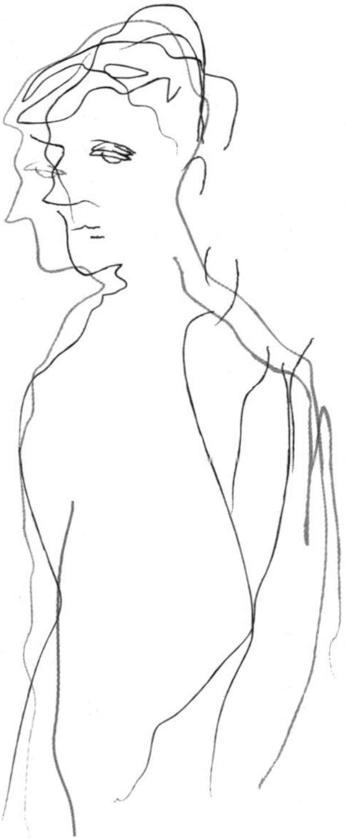

一個覺醒的人，只有一個任何義務也無法超越的義務：

尋找自我，固化自我，摸索自己的路前行，無論去向何方。

我在古怪的音樂家皮斯托琉斯處聽說的關於阿布拉克薩斯的一切，實在一言難盡。重要的是，跟他學到的知識，讓我在走向自我的路上更進一步。當年我大約十八歲，是個叛逆青年。許多方面特別早熟，另一面又幼稚無援。比照他人，我時常驕傲自負，又時常垂頭喪氣，倍感屈辱。我視自己為天才，也視自己為半瘋。我無法加入同齡人的快樂和生活，卻時常在自責和擔憂中折磨自己，彷彿我已絕望地被隔離，彷彿我難於接近生活。

皮斯托琉斯是個古怪的成人。他教會我在面對自我時，保持勇氣和尊嚴。他總能在我的話語間、夢境中，在我的幻景和思想中發現價值，並認真嚴肅地和我討論，舉例論證。

「您曾說過，」他說，「您喜愛音樂，因為音樂無關道德。我不反對您的話。但您本人也無須受道德束縛！您不必與他人比較。如果您的天性是蝙蝠，您不會成為鴕鳥。您時常認為自己非同常人，自責您走的路與眾不同。您必須放棄這些想法。您去看火，去看雲。一旦靈知降臨，一個聲音在您的靈中開口說話，您應當聽憑它，而不是去問它是否遵循了老師和父親的教誨，是否受到某位神的悅納！這會毀掉您。您會聽命世俗理法，變得僵化。親愛的辛克萊，我們的神叫阿布拉克薩斯。他是上帝，是撒旦。他是光明世界，是黑暗世界。阿布拉克薩斯不會反對您的任何思想和夢境。這一點您務必記牢。假如您變得無可指摘、平庸無奇，他就會離開您，去尋找一尊新甕，好讓他的思想在新甕中沸騰。」

所有夢中，我最難忘的，是那個黑暗的愛之夢。我一次次夢見自己步入雀鷹下的家門，欲擁抱母親，卻抱住一個半男半女的高大女性。我既怕她，又對她充滿熾熱的欲望。我永遠不會將這個夢告訴我的朋友。儘管我向他傾訴一切，但對這個夢，我守口如瓶。它是我的隱私，我的祕密，我的庇護所。

悲傷時，我請求皮斯托琉斯為我演奏老布克斯特胡德的《帕沙卡里亞舞曲》。傍晚昏暗的教堂中，我總是迷失在這段非凡、熱誠、令人陷入沉思冥想的音樂中。它每每充盈我，讓我預備好順服靈魂的呼聲。

管風琴的聲音消散後，我們有時會在教堂坐上片刻，看著微光從尖頂的高窗照射進來，再暗淡下去。

「說來滑稽。」皮斯托琉斯說，「我曾攻讀神學，差點成為神父。這不過是我起步時犯下的形式上的錯誤。我的使命和目標仍是成為神父。只是，我過早地滿足於侍奉耶和華，在我知道阿布拉克薩斯之前。唉，每種信仰都好。信仰是靈，千篇一律，無論領受基督的聖體，還是去麥加朝拜。」

「那麼您，」我說，「您本來能成為神父。」

「不，辛克萊，不。那樣一來，我就必須說謊。我們當以非宗教的形式行使宗教之事。它當如一項思想的事業。或許，我會在萬不得已時成為天主教神父，但新教牧師——絕不！有些真正的信徒——我瞭解他們——樂於拘泥於《聖經》文本。我不會跟這些人說，基督於我並非一個人，而是位英雄，一段神話。他是一幅巨像，在這幅巨像中，人類看見畫在永恆之牆上的自身。而其他那些進教堂的人，為聽漂亮話，為履行義務，或只為人云亦云，我該對他們說什麼？您認為，我該教化他們？我不會那麼做。神父不為教化人，而當為活在同宗信徒中捍衛和傳遞一種情感。在這種情感中，我們創造上帝。」

他停下來，又接著說：「我們稱之為阿布拉克薩斯的新信仰很好。親愛的朋友。它是最好的信仰。但它還是嬰兒！尚未生出翅膀。啊！一種生僻的宗教，還不是真正的宗教。它需要團契，需要祭禮和迷狂、慶典和祕儀……」

他陷入沉思。

「難道祕儀不能獨自或在少數人中完成？」我遲疑地問。

「可以。」他點頭，「我已做了很久。我的祭拜儀式如果被人知道，我可能要坐幾年牢。我清楚，我的做法並不正確。」

突然，他拍拍我的肩膀，我一驚而起。「年輕人！」他告誡道，「您也有自己的祕儀。我知道。您有不可告人的夢。對此，我不想探究。但我告訴您：去經歷它，這個夢，上演它，將它造成祭壇！雖不完美，但這是一條路。我們是否能修復世界，您和我，或其他人，世界將向我們揭示。但我們的內部世界，必須每日修復，否則我們將一無所獲。想想吧！您十八歲，辛克萊，您沒去街頭找妓女。您一定有您的愛之夢、愛之願，或許它們讓您害怕。別怕！在您擁有的一切中，它是最好的！相信我。我在您的年紀曾壓抑我的愛之夢，為此我失去很多。不必這麼做。認識阿布拉克薩斯的人不許這麼做。靈魂在我們身上渴慕的一切，我們都不必害怕它、禁止它。」

我震驚地反駁道：「但人不能想做什麼就做什麼！總不能厭惡一個人，就去殺了他。」

他靠近我。

「緊急情況下，人可以這麼做。只是，這麼做大多是錯誤的。我並不是說所有念頭您都要去付諸行動。不！但是您，您那些良好的念頭，您不必驅逐它，或以道德束縛去加害它。我們可以冥想獻祭祕儀，舉起聖杯，莊嚴地一飲而盡，而不是被釘上十字架。即便沒有上述儀式，我們也可以去尊重愛護我們的欲望和所謂試探。如此一來，它們就彰顯意義，具備意義——如果您再有瘋狂或罪惡的念頭，辛克萊，如果您想殺人，或做什麼下流事，這種時候，您應當想著阿布拉克薩斯，是他借您生發幻象！您想殺的人，從不是某個具體的人，而只能是一種表象。假如我們恨一個人，我們不過是借他的形象，恨我們自身的某些東西。那些不在我們自身的東西，從不會激怒我們。」

皮斯托琉斯的話前所未有地觸動了我。我無言以對。然而最令我震驚的是，他的勸慰和埋在我心底多年的德米安的話如出一轍。他們說同樣的話，儘管他們根本不認識彼此。

「我們所見之物，」皮斯托琉斯輕聲說，「正是我們自身的內在之物。沒有什麼比內在之物更為真實。大部分人活得並不真實。因為他們視外部世界為真實存在，卻無視其自身的內部世界。他們也能幸福。但人一旦獲得另一種知識，就不會選擇走一條庸常之路。辛克萊，庸常之路容易，我們的路卻艱難——但我們願意走。」

隨後的幾天，我在教堂空守了兩次，他都沒有出現。直到一天夜裡，我在街上遇見他。他獨自拐出街角，喝得爛醉，在寒夜的冷風中跌撞前行。我不想叫住他。他從我身邊經過時，也沒看見我。他發亮而寂寞的雙眼瞪視著前方，似乎在跟隨著未知者黑暗的召喚。我跟了他一條街。看見他彷彿被一根無形的繩索牽引，邁著狂熱而張皇的步子，宛若幽靈。我傷心地回到家，回到我難以驅散的夢中。

「他正是這般修復著他內心的世界！」我想著，又同時意識到，我的想法是狹隘的道德判斷。我怎知他的夢？他在醉意中走的路，或許比我在憂思中走的路更為堅實。

我偶然發現，課間休息時，有個我從未注意的同學總想接近我。他很瘦弱，紅棕色的頭髮稀稀拉拉，目光和舉止異於他人。一天晚上，他在我回家經過的巷子等我，遇見我後跟上我，一直跟我走到我家門口。

「你想幹嘛？」我問。

「我想和你談談。」他羞澀地說，「能跟你走走真好。」

我們走著。我發覺他異常激動，躍躍欲試，雙手在顫抖。

「你是靈師？」他突然問。

「不，克瑙爾。」我笑著說，「根本不是。你怎麼這麼說？」

「但你通靈？」

「沒有。」

「啊，不要密不透風！我強烈地感到你身上的靈性，就在你眼中。我確信你通靈。——我不是出於好奇才問你，辛克萊，不！我也是個尋覓者。你知道，我實在孤單。」

「說說吧！」我鼓勵道，「我雖不通靈，但我活在夢中。你感覺到了。其他人也活在夢中，卻不是活在他們自己的夢中。兩者截然不同。」

「是，或許是這樣。」他低語道，「這取決於夢的性質——你聽說過白色幻術嗎？」

我表示沒有。

「它是一種自我控制的修煉。能叫人永生，教人施魔。你從未修煉過？」

對於我好奇的提問，他先是頗為隱晦，直至我轉身要走，他才吐露實情。

「比如我想入睡或想全神貫注時就會修煉。我隨便想什麼。一個詞、一個名字，或一個幾何圖形。我盡力默念，並搜尋它在我腦海中的印象，直至我感受到它在我體內。隨後，我想像它在我的喉部，或在身體其他部位，直至我被它完全充滿。於是我變得堅固，什麼也無法打擾我的安寧。」

我大致理解。但他依然異常激動焦灼，似乎還有其他心事。我試著讓他放鬆，並徹底說明他的來意。

「你也禁欲？」他怯生生地問。

「你是說性欲？」

「對，對。自從我學會修煉後，我已禁欲兩年。之前我有惡習，你懂——你從沒有過女人？」

「沒有。」我說，「我還沒找到合適的女人。」

「那麼，假如你找到合適的女人，你會和她睡覺？」

「是，當然——只要她不反對。」我略有揶揄。

「哦，那你就走錯了路！只有通過徹底禁欲，才能完善內在的力量。我整整修煉了兩年。兩年零一個月！真難！有時我根本無法忍受。」

「聽著，克瑙爾，我不相信禁欲有這麼重要。」

「我知道。」他反駁道，「所有人都這麼說。但是你這麼說，讓人感到意外。人要走上崇高的聖靈之路，就必須恪守貞潔，必須！」

「好，那你去恪守貞潔！我不明白，為何壓抑性欲的人比他人貞潔。你能遏制一切頭腦中、夢境中的性欲？」

他絕望地看著我。

「不，根本不能！上帝！我毫無辦法。夜裡，我的夢簡直讓人羞恥！可怕的夢！」

我想到皮斯托琉斯說過的一些有道理的話，但我卻無法轉述他人。我不能向別人建議未經我親自實踐的看法和並非來自自身的體驗。我只好沉默，感到洩氣。有人求助於我，我卻無能為力。

「我試過所有方法！」克瑙爾悲嘆道，「一切能試的招數：冷水、冰雪、做體操、跑步，毫無幫助。我每晚做的夢，想起來我就無地自容。而最恐怖的是，我的靈修也逐漸退步。我幾乎無法集中注意力，甚至徹夜難眠。很快我將無法堅持下去。如果我不堅持抗爭，假如我放棄，再去做那些齷齪的事，我將比那些從未抗爭過的人更為卑劣。你明白嗎？」

我點點頭，無話可說。我感到無趣，也很驚訝，對他的困境和絕望，我竟無動於衷。我只想說：我幫不上忙。

「那你也毫無辦法？」他最終傷心而沮喪地說，「毫無辦法？一定會有辦法！你是怎麼做的？」

「我不能告訴你，克瑙爾。在這件事上，別人幫不了你。也沒人幫過我。你必須自己思考，依著你真實的本性去做。沒有其他辦法。我想，你不能認識自己，就無法認識聖靈。」

小個子突然沉默而失望地看著我。旋即，他目露敵意，面孔因憤怒而扭曲著朝我吼道：「你真是個完美的聖人！但我知道，你也有罪！你裝得像個賢哲，但背地裡，你和我，和所有人一樣，渾身污垢！你是頭豬，就像我。我們都是豬！」

我徑直走開。他跟了兩三步後停下來，轉身跑掉。對他的同情和厭惡煩擾著我，久久不散，直至我步入斗室，將幾幅畫作攤開，懷著熾熱而誠摯的心緒委身於夢中，才稍事平靜。我的夢再次來襲。我夢見家門和徽章，母親和那位陌生的女人。女人的特徵如此清晰可辨，乃至我當晚就動筆畫她。

恍然如夢中，我揮舞畫筆，幾天後完成了畫像。夜晚，我將畫掛在牆上，移過檯燈，面對它，就像面對一位與之搏鬥的聖靈。它是一張臉，和上次畫的那張臉一樣，像我的朋友德米安，某些特徵又像我自己。她一隻眼睛明顯高於另一隻。她的目光掠過我，沉醉而堅定地瞪視著前方，眼中寫滿命運。

我站在畫前，筋疲力盡，寒意直擊胸膛。我質問它，抱怨它，愛撫它。我向它祈禱。我稱它母親、情人，稱它妓女、娼婦，稱它阿布拉克薩斯。其間，我聽見皮斯托琉斯的話——或許出自德米安——我記不起他們何時說過。那是雅各與天使摔角時說的話：「你不給我祝福，我就不容你去。」

這張臉在燈下，伴隨我的每一次呼喚變幻著。它時而明亮發光，時而黑暗幽深，時而垂下眼簾遮住她將死的眼，時而又睜開，目光炯炯有神。它是女人，是男人，是少女，是孩子，是動物，它模糊乃至成為一個斑點，又再次變得巨大清晰。最終，我跟隨內心強烈的呼喚閉上雙眼，看見內心的意象。它愈發強大有力。我想跪在它面前。但它已占據我，無法與我分離，彷彿它已完全成為我。

這時，我聽見一聲春日驚雷般低沉的怒吼。在一種難以描述、充滿恐懼與經驗的新感覺中，我渾身顫抖。群星在我眼中閃耀又熄滅，所有記憶一齊襲來，甚至有我遺忘的童年，我尚未存在時就存在的初胚。風暴席捲我，整個生命再現，直抵祕密的記憶。但它並未停駐在昨天和今天，而是繼續前進，映現未來，將我從今天帶入全新的生活樣態，那種樣態明亮非凡，儘管日後我無從記起。

半夜時分，我從沉睡中醒來，和衣橫臥在床上。起身點燈時，我感到有些重要的事需要回想，卻想不起來。燈光下，記憶漸漸甦醒，我去找那幅畫，卻發現它不在牆上，也不在桌上。我模糊地記起我把它燒了。或許是一場夢？我親手燒了它，吞下了灰燼？

一種強烈的不安驅使我戴上帽子，奔出家門，奔進巷子。我狂奔在大街上，就像被逼迫著，穿過廣場，被一股颶風席捲，站在那座陰暗的教堂前傾聽，被黑暗的欲望驅使，尋找著，尋找著，卻不知在尋找什麼。我來到遍布妓院的近郊，一些窗子仍亮著燈。遠處新蓋的房屋和成堆的磚瓦上覆蓋著暗淡的雪。如同夢游，我在無名的重負下穿越一片荒野，想起故鄉的那片新樓。在那裡，折磨我的人克羅默第一次和我清算。此刻，相似的樓宇立在我面前，黑色的門朝我大張著口。它吸引我，我想逃走，卻踉蹌在沙礫和廢墟上，被更強的欲望鉗制，不得不走進大門。

踏過木板和破碎的磚瓦，我蹣跚在荒屋內，聞到潮濕冰冷和石頭散發的渾濁氣息。地上堆滿的沙礫，發出一簇灰白的光，四周一片漆黑。

突然，有個慌張的聲音在叫我：「我的上帝，辛克萊，你怎麼會在這裡？」

黑暗中站著一個人。一個瘦小的少年，像個幽靈。我驚異地認出他，我的同學克瑙爾。

「你怎麼來這兒了？」他激動得發狂，「你是怎麼找到我的？」

我不明白。

「我沒來找你。」我恍惚地說。每說出一個字，都令人疲憊不堪，艱難得就像嘴唇被凍僵。

他怔住了。

「沒找我？」

「沒有。有一種力量驅使我來到這裡。是你在呼喚我？你肯定呼喚了我。你在這裡做什麼？現在可是深夜。」

他瘦弱的雙臂抽搐著抱住我。

「是，深夜。天快亮了。哦，辛克萊，你沒有忘記我！你能原諒我嗎？」

「原諒你什麼？」

「哦，我曾那麼刻薄地對你！」

我這才記起我們幾天前的對話。是四五天前？就像過了一世。可現在我忽然知道了一切。不僅是我和他的事，還知道我為何而來，他為何會在這裡。

「你想自殺，克瑙爾？」

冷風中，他恐懼地打了個寒戰。

「是的，我想自殺。我不知道我是否能做到。我想等到天明。」

我帶他到室外。灰暗的空中微現一縷晨光，透著奇異的冷峻和蕭索。

我抓著他的手臂走了一程後，不由得說出：「現在，回家去。不要告訴任何人！你步入了歧途，歧途！我們不是豬，像你認為的那樣。我們是人。我們創造了諸神，並與其搏鬥。諸神賜福我們。」

我們沉默地繼續走著，隨後分開。我到家時，天光已大亮。

我在St城中最好的經歷，是和皮斯托琉斯一起，坐在管風琴旁或坐在壁爐前的時光。我們一起讀了關於阿布拉克薩斯的希臘語文章，他還念了幾段《吠陀》的譯文，教我念誦神聖的「唵」。但支撐我的卻並非這些學識，恰恰相反，是我內心的進步，是對夢境、思考和預感的強烈信任。對內在力量的不斷認知令我欣慰。

我和皮斯托琉斯心有靈犀。只要我強烈地想念他，他就一定會捎來問候或來找我。和德米安一樣，無須他本人在場，我就能問皮斯托琉斯任何問題：只要我專注地想像他，集中意念將我的問題投向他，答案就會以一種精神力量回饋我。

只是我想像的並非皮斯托琉斯本人，或馬克斯・德米安，而是我夢中、畫上的那個身影，我夢中的半男半女，我呼喚的魔鬼。如今，它不僅活在我的夢中、我的畫上，它還作為願景和蓄積的自我，活在我身上。

一次失敗的自殺後，克瑙爾和我的相處方式變得古怪而近乎滑稽。自從那晚我應召走到他面前後，他就成了我忠實的奴僕或一條狗。他試圖融入我的生活，試圖盲目地跟隨我。他帶著令人驚訝的問題和請求來找我：求見聖靈或求學猶太祕笈。他信我無所不能，而不信我無知的保證。可是奇怪，他和他愚蠢奇譎的問題總在我困惑時前來。他的突襲和糾纏，總為我帶來啟示。我時常厭煩他，蠻橫地打發他，但我深知，他也是被派遣而來。他雙倍地回饋了我對他的贈予。他也是我的領路人，或是我的路。他帶來的那些他從中尋找救贖的書籍和文章十分精彩。我從中獲得的遠比我當時認識到的更多。

隨後，克瑙爾無聲地消失在我的路上。我和他之間的事無須深思。和皮斯托琉斯卻完全不同。在St城臨近畢業時，我和這位朋友之間發生了件難忘的事。

即便是善良之人，也會在人生中起碼一次，陷入與虔誠、感恩之美德的衝突中。每個人都要邁出告別父親和老師的一步。每個人都會品嘗無情的孤獨。大多數人難以承受，很快重新尋得棲身之地——告別父母及他們的世界，告別美滿童年的「光明」世界，於我無須奮爭，而是緩慢地、不覺地感到陌生，漸行漸遠。我對此心懷歉意，每次返鄉都要經歷艱難時光。但我並非難以承受，也不會為此傷心。

然而對於那些並非因為習慣，而是我們出於本意去愛慕和敬畏的人，那些我們發自肺腑要成為其追隨者和朋友的人——真正苦澀艱難的時刻是，當我們驟然發覺，心中奔湧的激流已將我們帶離了所愛之地。這一刻，每種背離朋友和老師的想法都像毒針，刺向我們的心，每一記抗爭的毆打，都打向我們的臉。這一刻，那些自詡良善的人，也會被冠以「不忠」和「忘恩負義」的名號，如同一個可恥的稱呼和印記。於是受傷的心驚恐地躲回童年美德的愛之幽谷，而不是去相信，必須做出了斷，必須斬斷紐帶。

隨著時間的流逝，我開始抗拒我的朋友、我的領路人皮斯托琉斯，抗拒一切有他陪伴的少年時重要的經歷。他的友誼，他的告誡，他的勸慰。他以上帝之名和我說的話。他口中的我的夢和夢的解析。他饋贈的走向自我的勇氣——啊，我滋生了對他的反抗。他的話中教誨太多。我意識到，他僅僅理解部分的我。

我們之間從未發生口角，沒有決裂，也沒有清算。我只對他說了一句毫無惡意的話——但那一刻，我們之間的幻覺瓦解成彩色的碎片。

反抗的預感已壓抑我很久。但確切的反抗降臨於一個周日，在他的舊書房中。那天，我們躺在壁爐前的地板上。他說起他正在研讀的宗教祕儀和宗教形式，以及它們未來的發展。在我看來，這些學問與其說攸關生死，不如說古怪有趣。像是說教，或像在古老世界的廢墟上吃力尋覓。這整個形式，對神話的祭禮，對流傳信仰的拼湊讓我反感。

「皮斯托琉斯，」我脫口而出，語氣惡毒得連我自己都感到突然和震驚，「您或許該給我講講您在夜裡真正做過的夢。這一切，您所說的，簡直——簡直老朽！」

他從未聽過我這般講話。而就在這突然的瞬間，我感到羞愧和恐慌。我射中他心臟的箭，恰恰取自他自己的軍械庫——我將時常從他口氣中聽到的自嘲，惡毒而尖銳地擲向他。

他立即感受到我的惡意，安靜下來。我害怕地看著他，看見他臉色慘白。一陣長久的沉默後，他將一塊木頭丟進火中，平靜地說：「您說得對，辛克萊。您是個聰明人。我不會再以這些老朽的事煩擾您。」

他說得十分平靜。但我聽出他受傷的痛苦。我都做了什麼！

我幾乎掉下眼淚。我真想誠摯地轉向他，請求他的原諒，向他表達我的愛，我溫柔的謝意。動人的話語湧上心頭——我卻說不出口。我依舊躺著看火，沉默不語。他也沒有說話。我們就這樣躺著。火萎了，漸漸熄滅。在每簇劈啪作響的火光中，我都看見一些美好而深刻的事物灰飛煙滅，永不復來。

「我擔心，您誤解了我。」我終於沙啞而乾澀地憋出一句話。我說得愚蠢而機械，就像閱讀一份報紙。

「我完全理解您。」皮斯托琉斯輕聲說，「您說得對。」他停下，又慢慢說：「總的來說，人有反對他人的權利。」

不，不，我心中喊著，我說得不對！——但我說不出口。我知道，我短短的一句話，就擊中了他本性中的弱點，他精神上的困境，他的傷口。我觸碰了他內心自我懷疑的一隅。他的願景是「遠古」。他是個回望遠古之人，是個浪漫主義者。我突然深深感到：皮斯托琉斯在我面前的表現，恰恰是他無法成為的自己。他給予我的，正是他無法給予他自己的。我被他領上一條必然超越他——這位領路人的路。走這條路，我必將背棄他。

天知道，我怎會說出那番話！我毫無惡意，更無法預知它帶來的災難。我說了些話，說話的瞬間，我不知自己說了什麼。我被一個小小的玩笑、一個惡念驅使，而這個念頭成了命運。我微小而無心的暴行，成了他的審判。

哦，我多希望他氣憤，為自己辯護，高聲喝斥我！但他什麼都沒做。我必須在心中對自己這麼做。他甚至連一個微笑也無法做到。從中我最好地揣度出，我多深地傷害了他。

皮斯托琉斯被我這個傲慢又不知感恩的學生深深傷害，而他卻默默承受，認為我說得有道理，將我的話視作命運，這讓我痛恨自己，讓我的草率惡劣千倍。當我的毒箭射中他，我本以為他是個堅強善戰的人——可他卻內斂寬容，沉默就擒。

我們長久地躺在將熄的爐火前。火的每一簇跳躍，每一團灰燼，都勾起我最美最豐饒的回憶。我對皮斯托琉斯的愧疚越積越多，乃至我無以承受，起身離開。我在書房門前站了很久，又站在黑暗的樓梯上，站在他家門口，期待著，他或許會來追我。隨後，我又長時間地穿行在城內、城郊、公園和樹林，直至深夜。我第一次意識到，我的額頭烙上了該隱的記號。

我開始緩慢地思考。最初我譴責自己，為皮斯托琉斯辯護。但思考的結局卻總是適得其反。我曾千百次想為我的魯莽懺悔，並收回我的話——但覆水難收。直至此刻，我才真正理解皮斯托琉斯，才看清他全部的夢。他夢想成為神父，宣講新信仰，塑造超越的，愛與敬拜的新形式，創造新象徵。但這不是他的職責，也非他力所能及。他過分執著地沉迷遠古，對遠古瞭若指掌，對埃及、印度、密特拉斯[15]和阿布拉克薩斯如數家珍。他熱愛大地上可見的古風，但他又深知，新

15　Mithras，古羅馬密特拉斯教中太陽神的化身。

信仰是全新的、非同以往的任何信仰，源自新土壤，而非受造於古籍和書齋。或許，他的職責是助人走向自我，正如他對我的指引。但創造前所未有的新神，並非他的職責。

一種認知宛如烈火，頃刻燃燒我——人人擁有自己的「職責」，但沒人能選擇、再造或任意掌管自己的「職責」。渴慕新神是虛妄的。任何試圖施予塵世的意願，都是徹底的虛妄。一個覺醒的人，只有一個任何義務也無法超越的義務：尋找自我，固化自我，摸索自己的路前行，無論去向何方。——這種認知深深撼動我，它是我此番經歷的果實。我時常想像未來的圖景，夢想自己可能成為的人物：詩人、先知或畫家？這些都一無是處。我來，不為寫詩，不為預言，不為作畫。不僅是我，任何人都不為此而來。成為什麼，不過是存在的附屬。人只有一個使命：走向自我。無論他最終成為詩人還是瘋子，先知還是罪犯——這不是他的職責，毫不重要。他的職責是發現自己的命運，不是別人的命運，是徹底而不屈地活出自己的命運。其他任何道路都不完整，都是企圖逃避，是遁入公眾的軌跡，是苟且偷生，是對內心的恐懼。

一幅嶄新的意象，威嚴而神聖地在我心中升騰。我曾千百回預知它，乃至曾表達它，但這一刻，我才真正經驗它。我是自然拋向未知的造化，或許迎向新生，或許墮入虛無。這造化從古遠的深淵中萌發，我感知它存在於我內在的意志，並將它徹底塑造成我的意志。這是我的使命。我唯一的使命！

我已嘗遍孤寂，且已預知來路更深的孤寂，難以迴避的孤寂。

我無法求得與皮斯托琉斯的和解。我們仍是朋友，但我們的關係已發生轉變。我們只有一次談及此事，確切地說，是他開口提及。他說：「我的願望是成為神父。這你知道。最好成為我們談過的新信仰的神父。但我一直清楚，我無法實現願望。儘管長久以來，我都不願承認。我會從事其他神職工作，比如管風琴師，或別的什麼。但我必須活在我認為美好而神聖的事物中。聖樂、祕儀、象徵和神話，我需要它們，無法放棄。這是我的弱點。因為我時而知道，辛克萊，我知道，我不該有這樣的願望。有這些願望是奢侈的、軟弱的。偉大而正確的方式是，徹底聽憑命運的安排，無欲無求。但我做不到。這是我唯一無法做到的。或許有一天您能做到。年輕人，做到這點很難，是一切困難中唯一真正的困難。我時常夢想我能做到，但我不能，因為我恐懼：我無法完全赤裸而孤獨地面對世界。我是條軟弱而可憐的狗，需要溫暖和食物，時常需要同類相伴。誰真正追隨命運，誰就不再有同伴，誰就徹底孤單，身處冰冷的世界。就像耶穌在客西馬尼園中。您知道，有些殉道之人，甘願被釘死在十字架上，但他們也不是英雄，也沒有解脫。他們也渴望愛和家園，他們也有榜樣、有理想。聽從命運之人，將不再有榜樣和理想，沒有愛，也不得安慰！但這才是人該走的路。你我這樣的人注定孤獨。但我們擁有彼此，有祕密的方式作為補償，去另闢蹊徑，去反抗，去追求不凡。但是，要走上命運之路，就必須連這些也放棄，就不會成為革命者，成為榜樣和殉道者。走上命運之路，超乎想像——」

是的，超乎想像。但可以夢想它，探尋它，感知它。有幾次我在徹底的寧靜中感覺到它，我望向自己的內心，看見我的命運之像瞪視著雙眼回望我。它可能滿是智慧，極盡瘋狂，綻放愛或深切的惡，沒有區別。人無從選擇，無從渴求。人只能渴求自己，渴求命運本身。在這條路上，皮斯托琉斯作為領路人，陪我走了一程。

那段日子，我盲目地東遊西蕩，內心呼嘯著風暴，每一步都是險情。眼前唯有深不可測的黑暗。一切迄今走過的路都通往黑暗，深陷黑暗。我腦海中映現出一位德米安似的領路人，我的命運就在他眼中。

我在紙上寫下：「一位領路人拋下了我。我身處黑暗，無法獨自前行。救我！」

我想把這張紙寄給德米安，但最終放棄。每次打算寄出時，我都深感愚蠢可笑。但我已熟記這段禱詞，時常在心中默念。它無時無刻不陪伴我。我開始隱約感到，什麼是祈禱。

我的中學時代就此告終。父親認為我該去旅行，之後去讀大學。我還不知道讀什麼專業。儘管我被批准讀一個學期的哲學，但讀其他學科我也無話可說。

夏娃夫人

Frau Eva

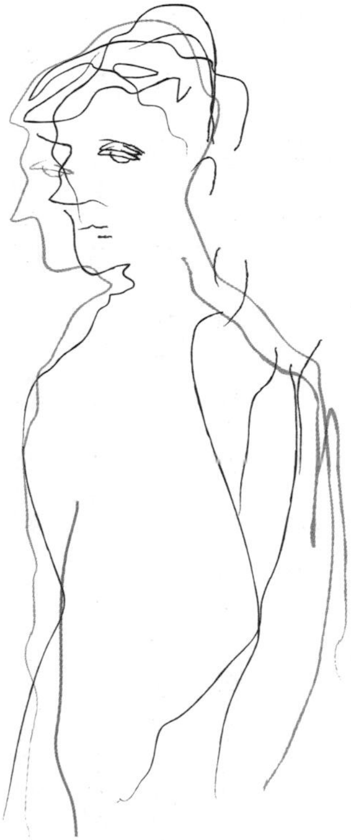

帶有慈母的特性，嚴厲又富於內在的激情。

她美麗迷人，卻難於接近。

她是魔鬼和母親，命運和情人。她是我的夢中人！

假期中的一天，我去了馬克斯．德米安和他母親從前的居所。一位老婦正在花園散步。和她的攀談中，我得知她是房子的主人。我向她打聽德米安一家。她記憶猶新，只是她不知道他們如今身在何處。她體恤我的好奇，帶我步入室內，找出一本皮面相冊，指給我看德米安的母親。我對她的樣貌幾乎一無所知，但當我見到那張小照時，我的心臟幾乎停止跳動——她就是我的夢中人！正是她，高大而男子氣的女人，和德米安相像，帶有慈母的特性，嚴厲又富於內在的激情。她美麗迷人，卻難於接近。她是魔鬼和母親，命運和情人。她是我的夢中人！

宛如奇蹟突然降臨，當我得知我的夢中人竟活在塵世！這世上有個女人，她的樣貌承載了我的命運。她在哪裡？在哪裡？——而她，是德米安的母親。

我迅速踏上旅程。一次特殊的旅程！我不知疲憊地從一處趕往另一處，跟隨每一次衝動，不停地尋找那個女人。有幾天，我遇見的一些人讓我念及她的樣貌，想起她。她們吸引我穿過陌生城市的街巷，穿梭在車站和列車上，如同墜入紛繁的夢境。又有幾天，我意識到尋找的徒然，無所事事地坐在公園、旅館的花園和候車廳，審視內心，試圖喚醒心中的意象。但它卻恍恍惚惚，轉瞬即逝。我根本無法入睡，只能在火車行駛於陌生的鄉間時小寐片刻。有一次，在瑞士，有個女人跟蹤我。一個漂亮放蕩的女人。我幾乎不看她一眼，當作她不存在，繼續走我的路。我寧願立即去死，也不願與別的女人共度一時。

我感到命運的牽引，感到願望即將實現。但我又焦躁不安，因為我束手無策。一次在火車站，我想，是在因斯布魯克，我在行將駛離的火車上看見窗外的一個身影。我又想起她，一整天悶悶不樂。而這個身影又潛入我夜晚的夢中，我從羞愧中醒來。毫無意義的追蹤讓我倍感寂寥，於是我結束旅程，返回家中。

幾周後，我註冊了H大學。這裡的一切都令人失望。年輕學子們平庸無奇。哲學史課不過是空洞的說教。一切都恪守陳規。人人做著相同的事。一張張稚氣尚存的臉上泛起的笑，看上去竟鬱鬱不樂，蒼白虛假！但我很自由。我有大把的時間安靜地躲在近郊舒適的老宅，桌上攤著幾部尼采。我和尼采生活在一起，感受他靈魂的孤獨，揣測不斷驅策他的命運，和他一起受苦，並為世上曾有過他這樣一位決然走上自我之路的人而自覺有福。

傍晚的秋風中，我在城中漫步，聽見酒館裡傳出大學生社團的歌聲。敞開的窗戶飄出陣陣煙霧。歌聲的巨浪整齊響亮，卻死氣沉沉，呆板無情。

我站在街角。兩家酒館內喧鬧的年輕人正準備狂歡至深夜。人們到處結社，到處聚集，到處推託命運，到處是遁入溫暖的烏合之眾！

我身後的兩個人緩步從我身邊經過。我聽見他們的一段對話。

「這些人跟土著部落的男人族有何區別？」一位說，「為所欲為。甚至刺青也成了一種摩登。您看，這就是年輕的歐洲。」

那聲音奇妙地提醒我——我熟悉他。我跟著兩人步入黑暗的巷子。其中一位是日本人，矮小、優雅。路燈下，我見他黃皮膚的臉上掛著微笑。

另一位繼續説。「您所生活的日本也不見得好。不盲從的人在任何地方都是少數。這裡也不過寥寥幾人。」

每個詞、每句話，都傳來愉快的驚詫。我認識這個説話的人。他是德米安。

在微風拂動的夜晚，我跟著他和那位日本人穿過數條黑暗的街巷，聽他們交談，欣賞德米安沉穩的聲音。他的聲音中成熟動人的自信與安寧征服了我。現在，一切又歸於完美。我找到了他。

城郊一條街道的盡頭，日本人和他告別，打開了家門。德米安則原路返回。我停住腳步，站在路中央等他。我看見他迎面走來，身姿挺拔而富有活力，穿著棕色的雨衣，手臂上掛著一根細手杖。我心跳加速。他邁著均勻的步子，直至走到我面前才脱下帽子，露出昔日那張聰敏的臉，嘴唇堅毅，寬闊的額頭閃著奇異的光。

「德米安！」我喊道。

他向我伸出手。

「原來是你，辛克萊！我一直在等你。」

「你知道我在這裡？」

「我不知道。我一直希望見到你，但今晚才見到你。你一直跟著我們。」

「你馬上認出我？」

「當然。雖然你有變化，但你帶著記號。」

「記號？什麼記號？」

「我們以前稱它為該隱的記號，如果你還記得。它是我們的記號。你一直帶著它，所以我才成為你的朋友。現在，你的記號變得清晰了。」

「我以前並不知道，或許知道——有一次我畫了一幅你的畫像，德米安。我很驚訝，那幅畫看上去也很像我。難道是因為記號？」

「是因為它。太好了，能見到你！我母親也會高興。」

我嚇了一跳。「你母親？她也在？她還根本不認識我。」

「哦，她知道你。她會認出你，即使我不告訴她你是誰——我已經好久沒收到你的消息了。」

「我常想寫信給你，但我寫不出。一段時間以來，我都覺得我很快能找到你。我每天都在等待著。」

他挽著我的手，跟我一起走。他身上散發的平靜感染我。我們很快就像從前一樣聊起天來，回憶學校的日子，堅信禮預備課，假期中那次不愉快的相聚，只是最早最緊密地連接我們的弗朗茨．克羅默的故事，我們依然沒有提起。

無意間，我們陷入了奇怪而不祥的談話內容。似乎是延續著他和日本人關於大學生活的話題，又像是就此說開，說起一些看似無關的事。但在德米安的話中，二者似乎又關係密切。

他說起歐洲精神和時代特徵。他說：到處是結盟結社的呼聲，自由和愛卻無處安身。所有這些締結，從學生社團、合唱團到政府，全是被脅迫的勾結，出於害怕、恐懼和窘境。而它的內部卻腐朽、衰敗、瀕臨瓦解。

「締結是件好事。」德米安說，「但我們眼下四處盛行的締結卻並非好事。締結應從個體間彼此的認同中誕生。它能一時改變世界。但現在的締結無非是結盟結社。人們彼此投靠，因為人們彼此畏懼——紳士們，工人們，學者們，各自為營！他們怕什麼？人只有在無法認同自身時才會感到害怕。他們害怕，因為他們從不認識自己。一群因為對自身的無知而深感恐慌的人結成聯盟！他們深感個人遵循的古老生存法則，無論是他們的信仰，還是他們的德行，均已不再奏效，不再適應需求。百年來，歐洲一直在研究，在製造！人們深知幾克炸藥能置人於死地，卻不知如何向上帝祈禱，不知如何享受哪怕一個時辰的光陰。看那些學生酒館！那些富人出入的歡場！毫無希望！親愛的辛克萊，這些不會給人帶來福祉。這些因擔驚受怕締結的人，內心滿是恐慌，滿是惡意，彼此懷疑。他們賴以生存的理想已不復存在。而他們會用石頭，砸死那些提出新主張的人。我已感到紛爭的存在。紛爭必將顯現。相信我，糾紛很快到來！紛爭當然不會『改善』世界。無論工人打死廠主，還是俄國與德國交戰。這一切，不過是權力的更迭。但這一切絕非徒然。它將證明今日理想的價值缺失。它將肅清石器時代的諸神。現存的世界將走向死亡，走向毀滅。它必將滅亡。」

「那我們會怎樣？」我問。

「我們？哦！或許我們隨世界一齊滅亡，或許我們被人殘殺。但我們不會被終結。我們的遺產，或我們中的倖存者，會被未來的意志凝聚起來。人類的意志將得以彰顯。長久以來，歐洲早已將人類的意志轉讓給技術和科學的狂歡。人類的意志還將表明，它與聯盟的意志、政府和人民的意志、社團和教會的意志從不也絕不相同。大自然對人的安排寫在每個人身上。在你身上，在我身上；在耶穌身上，尼采身上。假如當下的聯盟紛紛瓦解，那麼，唯一重要的思潮——儘管它每日呈現新的樣貌，將發展壯大。」

我們在河邊的一座花園駐足。

「我們住在這裡。」德米安說，「儘快來看我們！我們盼著你來。」

漸涼的夜色中，我愉快地走上回家的長路。城裡到處是喧鬧的跌撞著回家的學生。他們荒唐的快樂和我寂寞的生活兩相比照，我曾感到悵然若失，又時常心懷譏諷。但像今天這樣心情平靜，懷揣神祕的力量，我還從未有過。他們與我無關。這個世界與我如此遙遠，乃至它已隱蔽無蹤。

我想起家鄉的公務員，那些受人尊敬的老先生。他們說起大學時浪跡酒館的日子，就像懷念幸福的天堂。他們祭拜消逝的「自由」，就像詩人，或一位浪漫主義者為童年獻辭。人人如此！人們在記憶中到處尋找「自由」和「幸福」，因為他們害怕想起個人的責任，想起自己的道路。他們痛飲幾年，狂歡幾年，再棲身某處，成為國家忠實的公僕。是的，世界如此腐朽。比起數不勝數的蠢行，學生們的愚蠢，還算不上罪孽。

回到我偏遠的住處，準備就寢時，這些念頭都消散無蹤。我的全部心思集中於今天恩賜的莊重承諾上。只要我願意，明天我就能見到德米安的母親。那些大學生，隨他們泡酒館，隨他們把刺青刺在臉上。這個世界，讓它去腐朽，等待毀滅——與我無關！我唯一期待的是在一幅新景觀中，遭逢我的命運。

我沉沉睡去，直至次日早上很晚才起來。新的一天是我盛大的節日。長大後，我還從未像兒時慶祝聖誕般，有過這樣的感受。我興奮不安，卻毫無畏懼。我知道，重要的一天開始了。我看見並感到周圍的世界在變幻，在期待，處處休戚相關，一派喜樂祥和，就連細簌的秋雨也美好、安靜，宛如節日莊嚴悅耳的音樂。我的內心第一次與外部世界和諧共鳴——靈魂的節日來了，生活變得有意義！巷子裡沒有一所房屋、一扇窗戶、一張面孔在煩擾我。一切都如其所是，又顯現出並非庸常空洞的面目。一切都是等待中的風景，一切都在虔敬地恭候命運的降臨。這是個我在年幼時的耶誕節和復活節清晨，才見過的世界。我從未想過，它還能再次美妙。我已習慣活在內心，安然於對外部世界的麻木，滿足於伴隨童年的消逝，而不可避免的世界色彩的暗淡，相信人只有放棄魅惑的晨曦，才能在某種程度上獲得自由和靈魂的成熟。而現在，我喜悅地發現，一切都不過被掩埋了，被遮蔽了。即便一個自由的人，一個放棄童年幸福的人，也能重見世界的光彩，品嘗只屬於孩子們的深深戰慄。

我找到昨晚和馬克斯．德米安告別的城郊花園。高大茂盛的樹叢掩映著一幢明亮宜居的小宅。巨大的玻璃牆後是灌木花叢。透過光潔的窗戶，我看見深色牆面上的畫和一排排書籍。房門徑直通向溫暖的客廳。一位年老的黑衣女傭，繫著白圍裙，安靜地領我進去，幫我脫下大衣。

我獨自站在客廳，環顧四周，彷彿立即墜入夢中。門上方深色的木牆上，掛著一幅鑲在黑色畫框中的畫作，一幅我熟悉的畫作。它是我畫的那幅鳥圖。金黃色的雀鷹頭正奮爭著沖出世界的殼。我激動地望著畫——內心如此歡喜，又如此痛楚，彷彿我所做過的、經歷過的一切都在此刻，以答覆和滿足朝我湧來。我看見無數畫面閃電般掠過心靈。老家拱門上那枚古老的徽章，童年的德米安臨摹著那枚徽章；兒時的我深陷克羅默邪惡的魔咒，心驚膽戰，少年的我在斗室中安靜地畫出我的欲望之鳥，靈魂迷失在它編織的羅網中——一切，一切在這一刻都重新響徹耳畔。我的內心接受著一切，回答著一切，讚許著一切。

我淚眼婆娑地凝視著我的畫，陷入思索。之後垂下眼簾：看見畫下的門已打開，一位穿深色衣裝的高大婦人站在那裡。是她。

我說不出話。和德米安一樣，她的臉充滿活躍的意志，年齡和歲月沒有留下痕跡。這位美麗高貴的女人朝我友好地微笑著。她的目光令人欣慰，她的問候意味著歸家。我默默伸出手，和她堅定溫暖的雙手緊緊相握。

「您是辛克萊。我一眼就認出您。歡迎您！」

她的聲音深沉溫柔。我吞下這聲音，如同吞下甘甜的酒。我望著她平靜的臉，深不可測的黑眸，鮮豔成熟的嘴唇，那帶著記號的寬闊、豐滿的額頭。

「我太高興了！」我對她說，親吻她的雙手，「我想，我就像一個奔波了一生的人，終於回家。」

她慈藹地笑了。

「人永遠回不了家。」她友善地說，「但當人們攜手走在志同道合的路上，整個世界看上去會暫時形同家園。」

她說出了我在來路上的思考。她的聲音、言語都像德米安，但又和他完全不同。她更成熟，更溫暖，更自然。正如德米安不會給人留下孩子的印象，他的母親，也根本不會讓人相信她有個成年的兒子。她的臉和頭髮散發著如此年輕甜美的氣息，皮膚如此光滑，毫無瑕疵，沒有一絲皺紋，她的嘴唇如此鮮豔動人。她站在我面前，比在我夢中更威嚴。靠近她，我感到愛的幸福。她的目光讓我心神滿足。

這是命運展現的新意象。它不再冷峻，不再孤寂，而是一派成熟喜樂的風光！我從未做出決斷，也並未向上帝宣誓——就抵達了目標，站在了一處看得見寬廣壯麗的未來之路的高地上。通往預言之國的路上處處是幸福之樹的庇蔭和欲望花園的撫慰。讓我走上這條路吧！我多幸福！得知世上有這樣一個女人，我能暢飲她的聲音，呼吸她周圍的空氣。無論她是母親、愛人，還是女神——只要她在！只要我的路有她相伴！

她指著我畫的雀鷹。

「您的畫給了馬克斯從未有過的快樂。」她沉思著說，「我也是。我們在等您。收到您的畫時我們就知道，您在走向我們的路上。當年您還是個孩子，辛克萊，有一天我兒子從學校回來說，有個額頭上有記號的孩子一定會成為他的朋友。他說的是您。您絕非輕易能獲得記號，但我們相信您。有一次您放假回家碰到馬克斯，您當時大約十六歲。馬克斯告訴我……」

我打斷她：「哦，他還和您說了那次相遇！那是我最痛苦的時候。」

「是的。馬克斯跟我說：辛克萊正面臨艱難時刻。他正試著逃到人群中。他甚至酗酒。但他不會被戰勝。他額上的記號被遮蔽了，但這個記號在祕密地燃燒他。——是這樣嗎？」

「哦，是的，的確如此。後來我找到了貝緹麗采，並最終遇見了一位領路人。他叫皮斯托琉斯。那時我才清楚，為什麼我的童年生活與德米安息息相關，為什麼我無法忘記他。親愛的夫人——親愛的母親，我當時認為，我必須去死。難道這條路對每個人來說都如此艱難？」

她輕柔地撫摩我的頭髮。

「誕生總是十分艱難。您知道，鳥要奮爭，才能出殼。您回想一下，問問您自己：這條路真的如此艱難？只有艱難，沒有美好嗎？您還知道有什麼更美好、更容易的路嗎？」

我搖搖頭。

「是很艱難。」我像在夢中，「的確艱難，直至我開始做夢。」

她點點頭，目光敏銳地看著我。

「是，人必須找到他的夢。之後，路就不再艱難。但夢是不會恆久的，所有的夢都會被新的夢取代。人不可能抓住任何一個夢。」

我深深動容。她的話是警告？是拒絕？無所謂。我已準備不問前路，跟隨她的引領。

「我不知道我的夢會持續多久。」我說，「我希望它是永恆的。在這幅雀鷹圖下，我的命運迎接我。她像母親，像愛人。我只屬於她，而不屬於任何人。」

「只要您的夢仍是您的命運。只要您仍忠實於它。」她嚴肅地贊同。

一種憂傷攫住我。我熱烈地渴望著在這陶醉的一刻死去。我感到淚水——我已多久未曾哭過！——在我胸中不住地奔湧著，淹沒我。我趕緊轉過身去，走到窗邊，淚眼模糊地望過花盆，望向遠方。

我聽見她在我身後說著話。聲音平靜，十分溫柔，就像一杯斟滿酒的酒杯。

「辛克萊，您還是個孩子！您的命運愛著您。只要您忠實於它，總有一天它會完全屬於您，就像您在夢中夢到的一樣。」

我平復了情緒，又朝她走去。她向我伸出手。

「有幾個朋友，」她微笑道，「只有幾個，親密的朋友，他們稱我夏娃夫人。如果您願意，也可以這樣稱呼我。」

她帶我走到門邊，打開門，指著花園說：「馬克斯在那邊。」

我站在高大的樹下，不知怎麼，既麻木又震驚，比任何時候都清醒，又比任何時候都更像在夢中。樹枝抖落著雨滴。我沿著河岸走了很遠，緩步走向花園，終於找到了德米安。他正赤裸著上身站在敞開的花園小屋中，對著一個沙袋練習拳擊。

我驚訝地站在門口。德米安看上去十分健壯。寬闊的胸膛，挺拔而男子氣的頭部，端起的雙臂肌肉緊繃，結實有力。臀部、肩膀和雙肘的動作流暢如運動的溪流。

「德米安！」我叫他，「你在這裡做什麼？」

他開懷大笑。

「我在鍛鍊。我答應了那個矮小的日本人，跟他摔角。那傢伙敏捷得像隻貓，當然，還相當陰險。但他打不過我。我還欠他一次小小的羞辱。」

他穿上襯衫和外套。

「你見到我母親了？」他問。

「是的，德米安。你有個好母親！夏娃夫人！這名字真適合她。她就像生命之母。」

他若有所思地看著我。

「你已經知道了這個名字？你該感到驕傲，小子！你是第一個，她初次見面就告知這個名字的人！」

從此以後，我像個兒子和弟兄，也像個情人般出入這所房子。每當我跨進花園，回身鎖上門，或從遠處看見花園中高大的樹木浮現，我都感到滿足而幸福。外面是「真實的世界」，是街道和屋宇，人和建築，圖書館和教室——而這裡則是愛和靈魂。這裡活著童話和夢。然而我們絕非與世隔絕，我們只是身處另一片場域，以思考和討論立足於世界當中。區別我們和眾人的不是界限，而是另一種認知方式。我們的使命，是在世界上展現一座島嶼，展現一種典範，昭告另一種生活的可能。飽嘗孤獨的我認識了一種唯有絕對獨立的人才能締結的團體。我不再渴望幸福的歡宴，不再渴望回到愉快的節日。看到別人成群結隊，我不再妒忌或思鄉。漸漸地，我融入了那些立有「記號」者的祕密當中。

我們這些攜有記號的人，或許被世人視為異類、瘋子、危險份子。但我們是覺者，或是正在覺醒的人。我們的追求是成為永恆的覺者。而旁人的追求和尋覓在於他們的意見、理想、職責，在於他們的生活和幸福能否不斷靠向大眾。這也是追求，也有力量和價值。但我們認為，我們這些被立了記號的人，要展現的是自然意志全新的、獨特的、未來的意志。而大眾則生活在固有的意志中。對他們來說，人性——他們和我們同樣熱愛的人性——是完善的，需要被保存、保護。對我們來說，人性是遙遠的未來，我們仍在路上摸索。人性的面目無人知曉。人性的法則無蹤可循。

除了夏娃夫人、馬克斯和我之外，我們的圈子裡還有些各不相同的尋覓者，彼此的關係或遠或近。人們懷著特殊的宗旨，專注於特殊的觀念和使命，走在特殊的路上。其中有占星家，猶太教神祕哲學家，托爾斯泰的信徒和各種溫柔、害羞而敏感的人，新教派教徒，印度禪修者，素食者等等。我們之間除了敬重對方，除了讚賞每種祕密的生活之夢外，並無精神上的共識。一些人探索人類對諸神的渴望，探索遠古人類的願景，和我們比較親近。他們的研究經常讓我憶起皮斯托琉斯。他們帶來書，並將古老的文字翻譯出來，給我們看古代符號和儀式的圖片，告訴我們，人類迄今擁有的全部理想，都來自潛意識的精神之夢。人類在夢中摸索著，追尋著一種關乎未來的直覺。我們就這樣熟識了古代世界精彩紛繁的諸神崇拜，直至基督教的曙光初現。我們熟悉了那些孤寂的虔敬者的教義和信仰在民族間的流變。我們從收集到的一切知識中，批判我們的時代和當下的歐洲。歐洲人壯志淩雲，製造出人類歷史上最強大的新型武器，卻最終陷入深不見底的精神泥潭。歐洲征服了整個世界，卻為此喪失了靈魂。

我們當中有某些篤信希望和救贖論的信徒，有試圖讓歐洲皈依佛教的佛教徒，有托爾斯泰的擁躉和其他派別。我們彼此傾聽，將所有信仰視為一種象徵。我們這些攜有記號的人無須為未來的創造擔憂。每種學說，每種救贖在我們眼中均已死去、失效。我們只將其視為職責和命運：我們中的每個人，都要完全成為自己，都要與萌生於自身的天然屬性密切相合，都要聽從和接受未知的未來為我們做出的安排。

無論我們是否相互傾吐，我們中的每個人都心知肚明，當下的潰敗與新生近在咫尺。德米安有時對我說：「即將發生的事難以預料。歐洲的靈魂是一隻長期被困的野獸。一旦獲得自由，它最初的躁動不會悅人耳目。但事態的進展順利與否並不重要。重要的是，靈魂真正的困境——長久以來，一再被欺瞞、被麻痺的困境，能暴露出來。那時將是我們的時代。人們會需要我們，不是需要我們做領袖或新立法者——我們不會活到新法的確立——而是作為順服者，作為聽憑命運召喚的人。你看，理想受到威脅時，人人都可做出驚人之舉。而當一種新理想，一場嶄新的，或許危險、或許駭人的萌生中的運動來叩門時，所有人都不知去向。那些少數堅守的同行者是我們。我們正是為此被立下記號，就像該隱的記號一樣，為了激起恐懼和仇恨，為了驅趕當時的人類從狹隘的田園步入危險的曠野。所有影響人類進程的人都致力於此，因為他們願意聽從命運的召喚。摩西和佛陀，拿破崙和俾斯麥，無不如此。至於他們效力於哪股浪潮，受哪種天命的驅使，並非是他們個人的選擇。假如俾斯麥能理解社會民主黨人並與之為伍，他就成了聰明人，而絕非命運的臣子。拿破崙、凱撒、羅耀拉[16]，所有人！在這些問題上，人們必須考慮生物學和發展史！在地表的運動將海洋動物驅往陸地，將陸地動物逼向海洋時，正是一些聽從命運的楷模，完成了全新的、前所未有的進化，以順應形勢來拯救物種，不致滅亡。這些楷模從前是保守派、怪物，還是革命家，我們不得而知。但我們知道，他們因為一直有所準備，才得以轉變、獲救。我們也該做好準備。」

16【編注】聖依納爵．羅耀拉（San Ignacio de Loyola，一四九一至一五五六年），西班牙人，耶穌會創始人，羅馬公教聖人之一。他在羅馬公教會內進行改革，以對抗由馬丁．路德等人所領導的宗教改革。

我們交談時，夏娃夫人經常在場，卻從不以我們的方式參與談話。對於我們這些表達思想的人來說，她是聽者和回聲，充滿信任和理解。這些思想似乎源自她，又回歸她。能坐在她身邊，時而聽到她的聲音，分享她散發的成熟的靈性氣息，我已深感幸福。

她能迅速體察我內心的稍許變化、困惑和悸動。我似乎覺得，我夜晚的夢都與她相關。我經常講述我的夢，她總認為這些夢是自然的，可解的。沒有任何奇異之處是她不能看透的。有段時間，我的夢就像我們白天談話的仿作。我夢見整個世界處於動盪之中，而我卻獨自一人，或和德米安一起，緊張地恭候著重大命運的到來。命運蒙著面紗，卻帶著幾分夏娃夫人的特徵——被她選中，還是被她拒絕，都是命運。

有時，她會笑著說：「您的夢並不完整，辛克萊。您忘記了最好的部分——」這時，我會突然想起那段遺忘的夢，並無法解釋我為何忘了它。

我有時被欲望折磨，心情煩躁。我難以忍受她坐在我身邊，而我卻不能擁抱她。她馬上有所察覺。當我迴避幾天後，又煩躁地登門拜訪時，她拉我坐在她身邊，對我說：「您不該沉迷於那些您自己都無法相信的願望。我知道您的願望。您必須放棄它，或完全正確地去期盼。如果您能正確地祈禱一次，堅信您能獲得滿足，您就會滿足。您必須克服您在期盼中的懊惱與恐懼。我給您講一個童話。」

她講起一個少年愛上星星的故事。少年站在海邊，伸出雙手，向星星表達他的崇拜之情。他夢見星星，告知他的愛意。儘管他知道，或者他以為自己知道，人永遠無法擁抱星星。他絕望地愛著星星，將這種愛視為他的命運。從他的愛意中，他創造出一種純粹的生命之詩，包含放棄，沉默和誠實的受苦。這本應讓他好轉，更為純淨。但他的夢卻全都朝向星星。一天夜裡，他又來到海邊，登上礁石，遙望星辰，被愛的火焰燃燒。有一刻，他竟因極度渴望而縱身躍向星辰。就在他跳躍的瞬間，他的腦海閃過一個念頭：這絕不可能！這一瞬，他跌落海灘，粉身碎骨。他不懂得愛。假如他在縱身一躍的瞬間具備心靈的力量，堅信他的願望一定會實現，他就能飛向天空，與星星結合。

「愛無須祈求。」她說，「愛也無須索取。愛是內心堅定的力量。有了這種力量，人就無須去吸引愛，愛會前來。辛克萊，您的愛被我吸引。如果您的愛能主動吸引我，我就會來。我不想賜予禮物，我想被征服。」

又有一次，她講了另一個童話。關於一個戀愛中絕望的男人。他完全沉浸在自己的內心，但願被愛焚燒。他失去了世界，看不見藍天和綠林，聽不見小溪潺潺和豎琴的弦音。一切都消逝了，他變得貧乏而愁苦。但他的愛卻在生長，而他寧願死去、朽爛，也不願放棄他對那個美麗女人的愛。他感到，愛已在他心中燒毀了一切，愛變得日益強大魅惑，乃至那個美麗的女人無法抵抗他的愛，朝他走來。他攤開雙臂準備拉住她。但當那個女人站在他面前時，卻徹底變了模樣。

他驚恐地感到，他拉向自己的是他失去的整個世界。她站在他面前，把自己交給他。天空、森林和小溪，一切都煥發新的色彩，鮮活而聖潔地朝他湧來，屬於他，說他的語言。他贏得的不僅是一個女人，他的心贏得了整個世界。天上的每顆星星都在他心中發光，閃耀的喜悅浸透他的靈魂——他愛過，還找到了自我。但大多數人的愛，都只為失去自我。

對夏娃夫人的愛，幾乎是我生活的全部內容。這份愛每天都在變幻。有時我確信，我的本性驅使我去愛的，並非是她本人，而是不斷將我引入內心深處的一個象徵。有時我覺得她的話語，就像我的潛意識，是撼動我的那些熱烈問題的回答。也有些時候，對她肉體的渴望燃燒我去親吻她撫摸過的器具。逐漸地，感官的愛和精神的愛，現實和象徵融為一體。有時我在家中思念她，在靜謐的內心感受著我的手正握著她的手，我的嘴正吻著她的嘴。抑或我在她身邊，凝視她的臉，跟她說話，聆聽她的聲音。不知這一切是真實還是夢境。我開始領悟，人如何才能擁有一份持久不朽的愛。閱讀時，我在書中獲得知識，就像得到夏娃的親吻。她輕撫我的頭髮，帶著成熟而芬芳的溫暖，微笑著看我，那時，我就像獲得了進步。她的樣子中呈現出一切對我來說重要的、命中注定的事物。她變為我的每種思緒，而我的每種思緒都變為她。

我不禁為聖誕假期要回到父母家中感到擔憂。我本以為，兩周見不到夏娃夫人，我定要承受痛苦的折磨。但事實並非如此，在家中思念她竟十分美妙。回到H城後的頭兩天，我也未急於去拜訪，而是享受一種安心，享受不徘徊於她身旁的獨立。我在夢中以一種寓言的方式與她結合在一起。她是一片海，我是注入大海的奔流。她是一顆星，我是向她靠近的另一顆星。我們相遇，相吸，相守。我們彼此圍繞著，幸福地永恆旋轉在親密而絢爛的軌道上。

再見到她時，我向她講述了這個夢。

「這個夢很美。」她平靜地說，「讓您的美夢成真吧！」

早春時節，我經歷了永生難忘的一天。步入客廳時，一陣幽風從敞開的窗中吹來風信子的濃香，芬芳四溢。客廳裡沒人，我只好上樓去德米安的書房。我輕敲了門，不等人回應，就習慣性地推門而進。

室內很昏暗，窗簾拉著。通往隔壁小房間，德米安的化學實驗室的門敞開著，一抹早春明亮的白光，透過濃雲照進室內。我以為房中無人，便拉開了一扇窗簾。

這時，我看見窗簾邊的腳凳上，坐著德米安。他蜷縮著身體，模樣古怪。一段記憶像閃電般擊中我：我曾見過這一幕！他紋絲不動的雙臂垂著，雙手耷在膝間。微微前傾的臉上，大睜著一雙茫然無物、死氣沉沉的眼睛。瞳孔中閃著的一小簇耀眼的反光，就像玻璃的反射。蒼白的面孔陷入深思，除了令人難以置信的僵硬外，沒有任何表情。他似乎沒有呼吸。整張臉就像一副懸掛在廟門上的古老的野獸面具。

記憶令人毛骨悚然——多年前，還是個孩子的我曾見過和今天一模一樣的德米安。他的眼睛像現在一樣，窺向內部，死寂的雙手耷拉著，一隻蒼蠅爬過他的面頰。當時的他，應該是六年前，看上去古老、永恆，和今天一樣，甚至臉上的細紋也毫無變化。

我驚慌地輕聲走出房間，下了樓梯，在大廳裡遇見了夏娃夫人。我從未見過她如此蒼白，如此疲憊。一片陰影略過窗戶。明亮的白光突然消失不見。

「我剛才在馬克斯的書房。」我急切地輕聲說，「出了什麼事？他在睡覺，還是冥想，我不知道。我曾見過他像今天這樣。」

「您沒叫醒他，對嗎？」她立即問。

「沒有。他沒聽見我進去。我很快走出來。夏娃夫人，您能告訴我，他究竟怎麼了？」

她用手背抹著額頭。

「別擔心，辛克萊。他沒事。他在入定，很快會結束。」

她站起身走向花園，儘管外面下起了雨。我自覺不該跟著她，於是在大廳中踱步，聞風信子刺鼻的香氣，凝視門上那幅我畫的雀鷹圖，心情憂鬱地呼吸著瀰漫在整個房中的清晨的古怪陰霾。怎麼回事？究竟發生了什麼？

夏娃夫人很快回來，髮上掛著雨滴。她坐在扶手椅上，整個人疲憊不堪。我走到她身邊，俯身親吻了她頭上的雨滴。她的雙眼明亮寧靜，但雨滴的味道卻像眼淚。

「要我去看他？」我輕聲問。

她虛弱地笑了。

「您別再孩子氣了，辛克萊！」她大聲警告，像是在打破她內心的桎梏，「你先走吧，晚些再來。我現在無法跟您說話。」

我出了門。經過房屋，走出城，迎著斜風細雨向山裡跑去。強大的氣壓下，雲朵擔驚受怕地低飄過頭頂。山下幾乎沒有風，山上卻像醞釀著風暴。太陽不時穿過鉛色的烏雲，綻露慘白刺目的光。

這時，一團黃雲飄過天空，和烏雲撞在一處。風在黃雲和藍天間，幾秒就描摹出畫卷。一隻大鳥掙脱藍色的混沌，揮舞著巨大的翅膀一飛沖天，轉瞬間無影無蹤。接著，我聽見狂風大作，暴雨裹挾著冰雹滾滾而落。一聲短促的驚雷，響徹驟雨襲擊的大地，同時一束陽光再次穿過雲層。近處山上褐色的叢林間，蒼白的積雪閃著慘澹而虛幻的光。

幾小時後，當我潮濕淩亂地回來時，德米女親自為我打開門。他帶我到樓上他的房間。實驗室中燃燒著一盞煤氣燈，紙張四處散落。他似乎工作過。

「請坐吧。」他説，「你肯定累了，今天天氣太差。一看你就是一直待在室外。茶馬上來。」

「今天發生了些事。」我遲疑地說，「不只是一場雷雨。」

他審視地望著我。

「你看到了什麼嗎？」

「是。有個瞬間，我在雲中清晰地看見一幅畫。」

「什麼畫？」

「一隻鳥。」

「雀鷹？你的夢中鳥？」

「對，我的雀鷹。巨大的黃色雀鷹，飛進藍黑色的天空。」

德米安深吸了口氣。

有人敲門。老女僕端來了茶。

「喝茶，辛克萊，請吧。——我想，你是偶然看見了那隻鳥？」

「偶然？我們會偶然看到一些事物嗎？」

「好吧，不會。它有所寓意。你知道它寓意什麼？」

「不知道。我只是感到，它意味著動盪，意味著命運的腳步。我想，它與我們有關。」

他激動地走來走去。

「命運的腳步！」他大聲說，「昨天夜裡，我做了相似的夢。我母親昨天也有一種同樣的預感。我夢見自己正在爬梯子，梯子架在樹幹或高塔上。爬上後，我看見整個國家。一片廣袤的大地上，城市和村莊正在燃燒。我還不能完全說明。我還不十分理解。」

「你認為這個夢指涉你？」

「指涉我？當然。沒人會做跟自己無關的夢。但你說的對，它不僅關乎我一人。我會明確地區分體現我心靈波動的夢，和一些少見的、甚至極少見的預示整個人類命運的夢。沒有哪個夢，我能說它是預言並得到印證。夢的寓意太模糊。

但我很清楚，我做了些不僅跟我有關的夢。這個夢和我以前的夢相關，也是這些夢的延續。我從夢中獲得預感，辛克萊，我曾和你說起那些預感：我們的世界已經朽壞，這點我們清楚。但我們不能因此而預言，世界將毀滅。多年來，我一直做些夢。從中我推斷或感到，兩者皆可——我感到舊世界正在瀕臨坍塌。起初是些非常微弱遙遠的預兆，但它越來越清晰，越來越強烈。我知道，一些大事，可怕的事正在醞釀，和我相關。辛克萊，我們將見證那些我們談起的事！世界將煥然一新。它散發著死亡的氣息。但沒有死，就不會有新生。它將比我想像的更為可怕。」

我驚詫地瞪著他。

「你能詳細地講給我你的夢嗎？」我膽怯地問。

他搖搖頭。

「不能。」

門開了。夏娃夫人走進來。

「你們在這兒！孩子們，你們該不是在傷心吧？」

她神采奕奕，絲毫沒有倦容。德米安微笑地望著她。她走向我們，就像母親走向兩個恐懼的孩子。

「我們不傷心，母親。我們只是在解釋一些新預兆，但沒什麼意義。該來的事會驟然前來。那時，我們會獲悉我們想知道的事。」

但我卻心情很糟。告別後，我獨自穿過客廳，聞見風信子散發出枯萎、寡淡和死亡的味道。陰影籠罩著我們。

結束與新生

Anfang vom Ende

那一刻，我觸摸到我心裡的結晶。

我知道，那是我的「我」。

我征得父母的同意，再在H城待一個夏季學期。我們幾乎整日逗留在河畔花園，很少待在室內。那位日本人已離開。順便說一句，他在摔角比賽中慘敗給了德米安。還有那位托爾斯泰的擁躉，也沒有再來。德米安有一匹馬。他每天堅持練習騎馬。我經常單獨和他母親在一起。

生活中的這份安寧常讓我感到驚訝。我早已習慣孤獨，習慣放棄，習慣與我的痛苦廝守。這段在H城的日子就像一座夢幻島。在這座島上，我過著自由自在的生活，陶醉在美好愜意的事物和感受中。我想，這或許就是我們理想社會的序曲：嶄新、崇高——儘管我在幸福中深感憂傷。因為我深知這樣的日子不會長久。我的心不會安於飽足和舒適。我需要痛苦和追逐。我感到終有一天，我會從這個美麗的愛之夢中醒來，重新孑然一身，重新生活在別人的世界。在那個冷漠的世界中，我永無寧日，無人同行，唯有寂寞與抗爭相伴。

於是，我加倍溫柔地依戀夏娃夫人，為我的命運中有這樣美麗安寧的一幕而感到歡喜。

夏季悄然逝去。學期接近尾聲。我不敢想、也不願想那即將到來的離別。我眷戀這些美麗的日子，就像蝴蝶眷戀甜蜜的花朵。這是我的幸福時光，是我人生中的第一次圓滿，第一次被志同道合的人接納——之後會發生什麼？或許我將繼續奮爭，繼續被渴望煎熬，繼續做夢，獨自一人。

有一天，對未來的恐懼突然強烈地襲來。我對夏娃夫人的愛突然讓我痛苦萬分。我的上帝！不久後我將再見不到她，再聽不到她堅定親切的腳步聲，再看不到她放在桌上的鮮花！我做過什麼？我做著夢，陶醉在滿足中。可我從未去爭取她，為她而戰，從未試圖將她永遠擁在懷中！我突然想起她對我說過的關於真愛的話，她無數次微妙的暗示，無數輕柔的誘惑，或許是許諾——可我做了什麼？我什麼都沒做！沒有！

我站在屋子中間，全神貫注地想著夏娃。我要凝聚靈魂的全部力量吸引她，讓她感受到我的愛。她一定會來。她一定渴望我的擁抱。我的吻將貪婪地深埋在她成熟的愛之唇上。

我站著，屏息凝神，直至手腳漸漸冰涼。我感到渾身的力氣已經耗盡。有那麼一刻，一些明亮又清冷的東西，似乎在我體內緊緊凝結。那一刻，我觸摸到我心裡的結晶。我知道，那是我的「我」。寒意上升，直逼胸膛。

從這種劇烈的緊張中清醒後，我感到有些事情將要發生。儘管筋疲力盡，我還是等待著看見夏娃熱情而喜悅地走進門來。

一陣馬蹄聲沿著長街傳來，越來越近，越來越響，突然靜止在窗外。我趕緊跳到窗邊，看見德米安從馬背上下來。我跑下樓去。

「怎麼了，德米安？不會是你母親出了什麼事？」

他沒聽見我的話，臉色煞白，汗水從額頭兩側滾落面頰。那匹馬也汗流浹背。他將馬拴在園圃的籬笆上，拉起我，沿著街道走下去。

「你聽說了嗎？」

我什麼都沒聽說。

德米安按著我的手臂，看著我，目光深沉、奇特，帶著同情。

「是的，小伙子，開始了。你肯定聽說過德國和俄國的緊張關係……」

「什麼？交戰嗎？我一直不願相信。」

儘管四周無人，他還是壓低聲音：「還沒宣戰。但不遠了。相信我。儘管上次之後，我沒再用這件事煩擾你，但隨後，我又看見三次預兆。不是世界末日，不是地震、革命，是戰爭。你會看見它的威力！眾人會為此興奮。有人現在就盼著開戰，可見他們的生活多麼乏味——你會看見，辛克萊，這只是開始。這將是一場大戰，規模巨大。但戰爭也只是開始，新的開始。對那些墨守成規的人來說，新事物將非常可怕——你會怎麼做？」

我錯愕極了。他的話聽上去既陌生又難以置信。

「我不知道——你呢？」

他聳聳肩。

「一旦開始動員，我就入伍。我是少尉。」

「你是少尉？我從沒聽你說過。」

「是的，這是我的順勢之舉。你知道，我從不願引人注目。為了凡事無可指摘，我做了許多事。我想，八天後，我會在戰場上……」

「上帝啊——」

「哦！辛克萊，不必傷感。對我來說，下命令朝活人開槍絕非消遣，但這是次要的。我們現在都捲入了時代的巨輪。你也是。你也會應召入伍。」

「那你的母親呢，德米安？」

我又想到一刻鐘前發生的事。世界的變幻何等迅捷！為了得見那甜美的畫面，我曾屏氣凝神，而現在，我卻看見命運突然變了臉，戴上了威脅的、恐怖的面具。

「我母親？啊，我們不必擔心她。她很安全。比當今世上的任何人都安全——你很愛她？」

「你知道了，德米安？」

他爽朗地笑了：「小子！我當然知道。沒有哪個跟我母親叫夏娃夫人的人不曾愛過她。另外，怎麼回事？你今天曾呼喚我，或她，是嗎？」

「是。我呼喚了——我呼喚了夏娃夫人。」

「她感應到了。她突然讓我走，讓我來找你。我剛跟她說起俄國的消息。」

我們往回走，沒再多話。他鬆開馬拴後騎上去。

直至回到樓上的屋中，我才感到徹底的疲憊。因為德米安帶來的消息，也因為之前的緊張。但夏娃夫人聽到了我的呼喚！我用心中的意念和她相連。她本會親自前來——假如不是——一切該多奇妙，還應極為美好！但戰爭來了。我們經常說起的事發生了。德米安早就預知了許多。多麼奇妙：現在，世界的洪流不是從我們身邊呼嘯而過，而是穿越我們的胸膛。冒險和猖狂的命運召喚我們，現在，或即將，世界在巨變中需要我們。德米安說得對，無須傷感。令人震驚的是，我將和眾人，和整個世界共同體驗一件孤獨的事，「命運」。那麼，也好！

我準備就緒。晚上，我經過城裡時，發現處處躁動不安。各個角落都重複著一個詞——「戰爭」！

我來到夏娃夫人家，在夜晚的花園中和他們共進晚餐。我是唯一的客人。沒人提起戰爭，直至我要離開時，夏娃夫人說：「親愛的辛克萊，您今天呼喚了我。您知道，我為什麼沒去。但您別忘了：您已學會呼喚，假如您再需要某位帶著記號的人，您就這樣呼喚他！」

她站起身，走出暮色中的花園。這位高貴神祕的女人走在肅靜的樹林間，頭上閃爍著微小而溫柔的群星。

我的故事已接近尾聲。事態發展迅速，很快就爆發了戰爭。德米安上了戰場。他穿著銀灰色制服大衣的樣子，看起來驚人地陌生。我將他母親送回家，不久也跟她告別。她吻了我的嘴，擁抱我，用她那雙發光的大眼睛親密而堅定地凝視我。

所有人都親如兄弟。所有人都談論祖國和榮譽。但所有人都要在某個瞬間直面命運的真顏。年輕的軍人們走出營房，登上列車。我在他們中的許多人臉上看見了記號——不是我們的記號——是美麗的、妙不可言的記號，意味著愛和死亡。我被許多素昧平生的人擁抱，我理解並樂意回以擁抱。這是人們在迷醉中的舉動，絕非出自命運的意志。但這種迷醉是神聖的。它之所以動人，是因為人們以短促而醒悟的目光，瞥見了命運之眼。

我上戰場時，已臨近冬天。

起初，除了射擊的刺激外，我對一切都感到失望。過去我曾想，為什麼少有人願意為理想而活。現在我卻發現，許多人、甚至所有人都願意為理想去死。不是為個人的、自由的、深思熟慮的理想，而是為集體的理想，被授予的理想。

但隨著時間流逝，我卻發現我低估了人的力量。儘管在服役和共同面臨危險時，軍人們千篇一律。但我卻看見，許多活著的、死去的人，莊嚴地靠近了命運的意志。許多人不僅在進攻中，乃至每時每刻都目光堅毅、深遠、帶著幾分狂熱，並毫無目的地準備徹底捐軀於陰森恐怖之物。無論人們信仰什麼，為何而戰，人們都準備交付自己，去塑造未來。而世界越是執迷於戰爭、英勇、榮譽和一切古老的理想，虛偽的人道之聲就愈發遙遠，愈發難以置信。一切都是表面。正如對戰爭的外在目的和政治目的的追問，同樣停留在表面。內部已有所形成，一種新的人性正在形成。因為許多人，其中一些人就死在我身旁——已經感知到，仇恨、憤怒、殺戮和毀滅與其物件、目標毫無關聯。不，這些物件或目標是偶然的。最初的情感，哪怕是最原始、最野蠻的情感，也並非針對敵人。血腥的事業是人類內在的爆發，分裂靈魂的爆發。人們去仇恨、去殺戮、去毀滅、去赴死，只是為了新生。一隻巨鳥奮爭出殼，蛋就是世界，而這個世界，必將化為烏有。

初春的夜晚，我在一所我們占領的農莊前放哨。微風時疾時緩。弗蘭德高遠的天空中浮動著幾簇雲團。雲團後的月亮依稀可辨。我一整天惴惴不安，心懷憂慮。此刻站在黑暗中的哨崗，我開始熱切地回憶生命中迄今的一些景象，想起夏娃夫人，想起德米安。我靠在一棵楊樹上，凝望著浮動的天空。天空中隱祕閃爍的光芒，不斷變幻成巨大而生動的連環形象。我感到脈搏異常微弱，皮膚在風雨中無知無覺，而內心卻極為清醒。我意識到，在我的周圍有一位領路人。

雲層中浮現出一座巨大的城市。千百萬人潮從城中蜂擁而出，成群結隊地四散在廣袤的大地上。人潮中出現一位強大而神性的人物，髮間布滿閃耀的星辰，身軀高大如山巒，具有夏娃夫人的特徵。人群步入她的深淵，如同步入巨大的洞穴，轉眼消失無蹤。而這位女神，蜷縮在大地上，額頭上的記號發光明亮。她似乎被一個夢控制，緊閉雙眼，高貴的面容在痛苦中扭曲變形。突然，她發出一聲響亮的吶喊，額頭上迸發出成千上萬顆燦爛的星辰，它們在黑暗的天空中，舞動出壯麗的弧形和半圓。

其中的一顆星，發出清脆的聲音，正朝我呼嘯而來，似乎在搜尋我——它轟隆巨響後，爆炸出千萬道火花，將我抛向天空，又扔回大地。世界在我的頭頂轟然崩塌。

我在白楊樹旁被人發現。身上蓋著土，滿是傷。

我躺在地道裡，炮彈在我上方轟響。我躺在一輛車上，顛簸地行駛在曠野中。大多數時候，我都在睡覺或昏迷。但睡得越深，我越是強烈地感到有某種東西在牽引我，我正跟隨著這股力量，這股主宰我的力量前行。

我躺在馬廄的稻草堆上，四周一片漆黑。有人踩了我的手，但我的心卻要跟隨那股強大的力量繼續前行。我又躺在車上，隨後上了擔架或梯子。我越來越強烈地感到，我被命令著前往某處，除了奔赴那裡的急迫之情外，我沒有任何感覺。

終於到了目的地。那是個深夜，我已十分清醒。內心仍強烈地感受著一種牽引和渴望。我躺在一間大廳的地板上，感覺到我已經抵達了我被召喚的所在。我環顧四周，看見我的床墊旁，放著另一張床墊，上面躺著一個人。這個人正傾斜著身子看著我。他的額頭上有一個記號。他是馬克斯・德米安。

我無法說話。他也不能，或不願說。他只是看著我。牆上方的燈照在他臉上。他向我微笑著。

他長久注視著我的眼睛。慢慢地，他的臉湊向我的臉，直至我們的臉幾乎貼在一起。

「辛克萊！」他輕聲說。

我用眼神示意他，我聽得見。

他又笑了，幾乎帶著憐憫。

「小伙子！」他笑著說。

他的嘴離我很近。輕聲地，他繼續說。

「你還記得弗朗茨．克羅默嗎？」他問。

我對他眨眼，露出微笑。

「小辛克萊，聽著！我必須走了。你可能還會需要我幫你對付克羅默，或別的什麼。假如你呼喚我，那麼，我不會再這麼急匆匆地騎馬或乘車來找你。你必須傾聽心底的聲音。隨後你會發現，我就在你心裡。你明白嗎？——還有！夏娃夫人說過，假如你身處險境，我要替她吻你，她已經先吻了我……閉上眼睛，辛克萊！」

我順從地閉上雙眼。我的嘴唇被輕輕地吻著。它一直流著血，微少的血，卻從未乾涸。之後，我沉沉睡去。

第二天早上，我被叫起來包紮傷口。徹底清醒後，我趕緊望向旁邊的床墊。上面躺著一個我從未見過的陌生人。

傷口很痛。打那以後發生的一切都很痛。但偶爾我會找到鑰匙，沉入心底。在那裡，命運的意象沉睡在黑暗的鏡中。只要我俯身望向那面黑鏡，就能看見我自己。我和他一模一樣。他，我的朋友，我的領路人。

譯後記

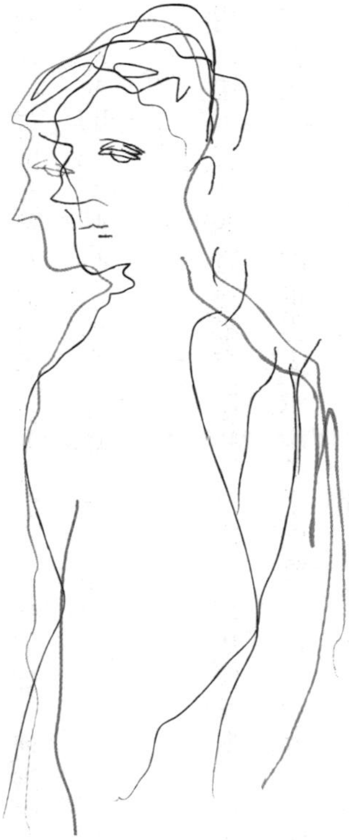

我想，蒙塔尼奧拉的盧加諾湖、布雷山、聖安邦迪奧教堂、栗樹、棕櫚樹、紫荊樹、桉樹，要比赫塞的故居、博物館和墓地更吸引我。但昨天，我得說，並非如此。我對他留下的痕跡感到親切。

假如古老的事物總以距離為我們帶來安慰，那麼在赫塞生活了四十三年的蒙塔尼奧拉，這種安慰以他散步的線路，他的居所、照片、畫作、筆跡，他的眼鏡、雪茄盒，他最後的長眠之地變得實在。當我獨自坐在博物館中的電影院面對他時，他消瘦的身影、他的步態和微笑讓我潸然淚下。在這裡，阿爾卑斯山的另一面，他找到了他熱愛的義大利式的瑞士，他的棲身之所。

我想到悉達多和德米安。

我認為任何對《德米安》的贅述都有悖我的身份。我是位讀者和渴慕者。就像從戰場歸來的年輕人：在第一次世界大戰中遭受肉體和精神的創傷，質疑舊有的文化和社會支撐，卻在《德米安》中，伴隨一個十歲孩子的艱難成長，重新被禁忌的、黑暗邪惡的、普遍對立的世界誘惑，飽受噩夢和焦慮的折磨，害怕地期待著毀滅周圍的世界，又在不可避免的命運中，在傳統信仰、思想解禁和自身倫理的發展中，思考無意識和有意識，善與惡，男人和女人，上帝和魔鬼，整合自我——在惡中走向成熟，並從惡的權力下獲得解脱和內心的超越，在愛中孕育新生。

世上沒有任何一本書能帶人找到幸福。但有的書助人發現並認識我們的神話和印記，我們的力量，以及我們的朋友——德米安。在惜別中，他強大而不滅的靈魂在我們身上活下去，並與我們融為一體。

在蒙塔尼奧拉，我度過了悲欣交集的難忘的一天。

姜乙

二〇一九年十月二十六日於蘇黎世

【附錄】

赫曼・赫塞生平及創作年表

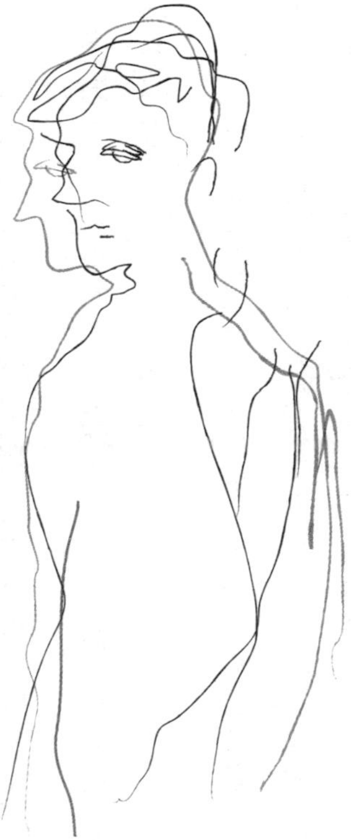

一八七七　七月二日赫曼．赫塞出生於德國符騰堡的卡爾夫。父親約翰內斯．赫塞（一八四七－一九一六年）是傳教士，後來擔任「卡爾夫出版聯合會」主席。母親瑪麗（一八四二－一九〇二年）是著名印度學家赫曼．貢德特的長女。父母在印度傳教多年。赫塞家中，開放的世界性和宗教教育並存。赫曼．赫塞有姊姊阿德蕾、妹妹瑪麗、弟弟漢斯。

一八八一　舉家遷居瑞士巴塞爾。赫塞在教會的男童學校上學，只能在星期日回家。一八八三年，其父取得瑞士國籍（之前是俄國國籍）。

一八八六　遷回卡爾夫，住在外祖父家。這棟老宅以及卡爾夫周圍的景色多次出現在赫塞的小說中。

一八九〇　在格平根的拉丁文學校學習，準備參加符騰堡州的考試，以求能在「圖賓根教會學校」接受免費的神學教育。作為國民學校的學生，赫塞必須放棄瑞士國籍，因此他的父親在一八九〇年十一月在符騰堡為他申請到德國國籍。

一八九二　三月七日逃離茅爾布隆學校，因為少年赫塞只想成為詩人。外祖父戲稱這是一次天才之旅。逃離後第二天被送回學校，可是強烈的內心矛盾使少年赫塞不斷生病，情況嚴重，五月終至退學；六月赫塞試圖自殺；六月到八月進斯特藤的精神病院療養；之後在坎施塔特高級文理中學學習。

一八九三　四月外祖父去世。赫塞的學校生活雖不平靜，但他還是於七月份通過了一年志願考試。不過無法繼續學業，只得再次輟學。十月在一家書店當了三天學徒，後來便留在家中。

一八九四　從六月到次年九月在卡爾夫的塔樓鐘錶廠當學徒；計畫移居巴西。

一八九五　在圖賓根一家書店當學徒，一做三年。

一八九六　在《德國詩人之家》（*Das deutsche Dichterheim*）上首次發表詩歌。

一八九八　結束書店學徒生活。十月第一本詩集《浪漫之歌》（*Romantische Lieder*）出版。

一八九九　六月散文集《午夜後一小時》（*Eine Stunde hinter Mitternacht*）出版；移居巴塞爾，直到一九〇一年一月都在書店做助手。

一九〇〇　為《瑞士彙報》（*Allgemeine Schweizer Zeitung*）撰寫文章和文藝評論，開始贏得一定聲譽。

一九〇一　三月到五月第一次義大利之行；從一九〇一年八月到一九〇三年春季，在巴塞爾的一家舊書店賣書；《赫曼・勞舍爾遺留的文稿和詩歌》（*Die Hinterlassenen Schriften und Gedichte von Hermann Lauscher*）出版。

一九〇二　獻給母親的《詩集》（*Gedichte*）出版，可惜母親未能親見兒子的新書。

一九〇三　放棄書店工作之後第二次去義大利旅行，同行的還有瑪麗亞·貝爾努利，她與赫塞在三月訂婚；《卡門欽得》（*Camenzind*）的手稿完成，受菲舍爾出版社（S.Fischer Verlag）的邀請寄到了柏林；十月開始撰寫《車輪下》（*Unterm Rad*）。

一九〇四　《彼得·卡門欽得》（*Peter Camenzind*）由菲舍爾出版社出版，赫塞一舉成名；與瑪麗亞·貝爾努利結婚，搬進巴登湖畔的一家農舍；成為職業作家，為許多報紙和雜誌撰寫文章；傳記研究《薄伽丘》（*Boccacio*）和《法蘭茲·馮·阿西斯》（*Franz von Assisi*）出版。

一九〇五　十二月兒子布魯諾出生。

一九〇六 小說《車輪下》（寫於一九〇三—一九〇四年）由菲舍爾出版社出版；成立反對威廉二世專制統治、宣傳自由思想的雜誌《三月》（*März*），赫塞擔任編委之一直至一九一二年。

一九〇七 短篇小說集《此岸》（*Diesseits*）由菲舍爾出版社出版。

一九〇八 短篇小說集《鄰居》（*Nachbarn*）由菲舍爾出版社出版。

一九〇九 三月，二兒子海納出生；赫塞進行了第一次巡迴德國的作品朗誦會。

一九一〇 小說《蓋特露德》（*Gertrud*）出版。

一九一一 七月，三兒子馬丁出生；詩集《途中》（*Unterwegs*）出版；九月到十二月與畫家好友漢斯．施圖爾策內格（Hans Sturzenegger）一起到印度旅行。

一九一二 短篇小說集《彎路》（*Umwege*）由菲舍爾出版社出版；前往維也納、

布拉格、布爾諾和德勒斯登巡迴作品朗誦；全家遷居伯恩，住在已故好友畫家阿爾伯特・韋爾蒂（Albert Welti）的房子裡。

一九一三　《印度劄記》（*Aus Indien*）由菲舍爾出版社出版。

一九一四　小說《羅斯哈爾德》（*Rosshalde*）由菲舍爾出版社出版；兒子馬丁患神經方面的疾病；十一月三日，《啊，朋友們，不要唱這調子！》（*O Freunde, nicht diese Töne*）在《新蘇黎世報》上發表，帶來德國民族主義者的仇視與謾罵。也因為這篇文章，羅曼・羅蘭開始與赫塞通信，並結下深厚的友誼。

一九一五　《克努爾普》（*Knulp*）由菲舍爾出版社出版；詩集《孤獨者的音樂》（*Musik des Einsamen*）出版；短篇小說集《路邊》（*Am Weg*）出版；短篇小說集《美妙少年時》（*Schön ist die Jugend*）由菲舍爾出版社出版。

一九一六　父親去世，妻子開始出現精神分裂，加上小兒子的病痛讓赫塞精神崩潰；首次接受心理治療，醫師是榮格的學生朗格（J. B. Lang）。

一九一七　別人建議赫塞停止寫批評時事的文章；首次匿名在報紙和雜誌上發表文章，筆名為「艾米爾・辛克萊」（Emil Sinclair）；開始寫《德米安》（*Demian*）。

一九一九　匿名出版政治宣傳手冊《查拉圖斯特拉歸來》（*Zarathustras Wiederkehr*）；家庭破碎，與在精神病院的妻子分居，孩子托友人和親戚照顧；離開伯恩，遷往位於瑞士蒙塔涅拉／提契諾的卡木齊居，開始長年的獨居生活；隨筆和詩歌集《小花園》（*Kleiner Garten*）出版；小說《德米安》由菲舍爾出版社出版，採用筆名艾米爾・辛克萊；文集《童話》（*Märchen*）由菲舍爾出版社出版；創建並主編出版雜誌《我向活人召喚》（*Vivos voco*）。

一九二〇　《畫家的詩》（*Gedichte des Malers*）出版，收錄了十首附有水彩畫的詩；杜思妥耶夫斯基評論集《窺探混沌》（*Blick ins Chaos*）出版；小説集《克林索爾的最後一個夏天》（*Klingsors letzter Sommer*）由菲舍爾出版社出版。

一九二一　《詩選》（*Ausgewählte Gedichte*）由菲舍爾出版社出版；創作《流浪者之歌》（*Siddhartha*）的過程中經歷創作危機；榮格為他作心理分析。

一九二二　《流浪者之歌》由菲舍爾出版社出版。

一九二三　《辛克萊的筆記》（*Sinclairs Notizbuch*）出版；六月與瑪麗亞·貝爾努利離婚。

一九二四　放棄德國國籍，重新成為瑞士公民；與女作家麗莎·溫格（Lisa Wenger）的女兒露特·溫格（Ruth Wenger）結婚。

一九二五　《療養客》（*Kurgast*）由菲舍爾出版社出版。這是一部半真實半虛構的自傳體散文，可以說是赫塞最幽默的作品；到烏爾姆、慕尼克、奧格斯堡和紐倫堡舉辦朗誦會。

一九二六　散文集《圖畫集》（*Bilderbuch*）由菲舍爾出版社出版；當選為普魯士藝術學院院士；結識妮儂·多爾賓（Ninon Dolbin）。

一九二七　《紐倫堡之旅》（*Die Nürnberger Reise*）和《荒野之狼》（*Steppenwulf*）由菲舍爾出版社出版；赫塞五十歲生日，首部赫塞傳記出版，作者為胡戈·巴爾（Hugo Ball）；與露特·溫格離婚。

一九二八　散文集《沉思錄》（*Betrachtungen*）和詩集《危機》（*Krisis*）由菲舍爾出版社出版。

一九二九　詩集《夜之慰藉》（*Trost der Nacht*）和《世界文學文庫》（*Eine*

Bibliothek der Weltliteratur）由菲舍爾出版社出版。

一九三〇 小說《納爾齊斯和哥德蒙特》（*Narziß und Goldmund*）由菲舍爾出版社出版；退出普魯士藝術學院，托瑪斯·曼挽留未果。

一九三一 十一月與妮儂·多爾賓結婚。

一九三二 小說《東方之旅》（*Die Morgenlandfahrt*）由菲舍爾出版社出版；開始寫作《玻璃球遊戲》（*Das Glasperlenspiel*），這部小說從初稿到成書用了十二年的時間。

一九三三 短篇小說集《小世界》（*Kleine Welt*）由菲舍爾出版社出版。

一九三四 當選瑞士作家協會會員，該協會的成立主要是為了更好地抵制納粹的文化政策，為流亡同人提供更有效的幫助可能；詩選《生命之樹》（*Vom Baum des Lebens*）出版。

一九三五　短篇小說集《幻想故事書》（*Fabulierbuch*）由菲舍爾出版社出版；由於政治原因菲舍爾出版社分裂為兩個部分，一部分位於德國境內，由彼得·蘇爾坎普領導，另一部分則是由戈特弗里德·貝爾曼·菲舍爾率領的流亡出版社，位於維也納；納粹有關當局不允許流亡出版社將赫塞作品的版權帶到國外。

一九三六　三月獲凱勒文學獎；六音步詩《花園裡的時光》（*Stunden im Garten*）仍由維也納的戈特弗里德·貝爾曼·菲舍爾出版社（Bermann-Fischers Verlag）出版；九月與彼得·蘇爾坎普第一次接觸。

一九三七　《紀念冊》（*Gedenkblötter*）和《新詩集》（*Neue Gedichte*）由柏林的蘇爾坎普·菲舍爾出版社（S. Fischer Verlag Berlin）出版；《跛腳少年》（*Der lahme Knabe*）在蘇黎世作為內部出版物出版，由畫家阿爾弗萊德·庫賓配以插圖。

一九三九—一九四五年赫塞的作品在德國遭禁。《車輪下》、《荒野之狼》、《沉思錄》、《納爾齊斯和哥德蒙特》和《世界文學文庫》均不得再版；蘇爾坎普·菲舍爾出版社已經著手的《赫塞文集》不得不轉到瑞士的弗萊茨&瓦斯穆特出版社（Fretz & Wasmuth Verlag）。

一九四二　位於柏林的蘇爾坎普·菲舍爾出版社出版《玻璃球遊戲》的申請被拒絕；赫塞的第一部詩歌全集《詩集》（*Die Gedichte*）由蘇黎世的弗萊茨&瓦斯穆特出版社出版。

一九四三　《玻璃球遊戲》由蘇黎世的弗萊茨&瓦斯穆特出版社出版。

一九四四　赫塞的出版人蘇爾坎普被蓋世太保逮捕。

一九四五　未完成的長篇小說《貝特霍爾德》（*Berthold*）以及新小說和童話集《夢之旅》（*Traumfährte*）由蘇黎世的弗萊茨&瓦斯穆特出版社出

版。

一九四六 評論集《戰爭與和平》（*Krieg und Frieden*）由蘇黎世的弗萊茨&瓦斯穆特出版社出版，收錄了自一九一四年以來對戰爭和政治的沉思。之後，赫塞的作品在德國可以再次出版；獲歌德文學獎；獲諾貝爾文學獎。

一九四七 被伯恩大學授予榮譽博士稱號。

一九五〇 鼓勵並促成彼得・蘇爾坎普成立自己的出版社。

一九五一 《晚年散文集》（*Späte Prosa*）和《書信集》（*Briefe*）由蘇爾坎普出版社（Suhrkamp Verlag）出版。

一九五四 童話《皮克多變形記》（*Piktors Verwandlungen*）由蘇爾坎普出版社出版；《赫塞－羅曼・羅蘭書信集》（*Der Briefwechsel: Hermann Hesse/*

Romain Rolland）由蘇黎世的弗萊茨&瓦斯穆特出版社出版。

一九五七　《赫塞文集》（*Gesammelte Schriften*）由蘇爾坎普出版社出版，共七卷。

一九六一　舊詩和新詩選集《階段》（*Stufen*）由蘇爾坎普出版社出版。

一九六二　《紀念冊》由蘇爾坎普出版社出版，相較於一九三七年的版本多收集了十五篇文章；七月二日八十五歲生日；八月九日在蒙塔涅拉去世。

德米安：埃米爾·辛克萊年少時的故事（徬徨少年時）

Demian: Die Geschichte von Emil Sinclairs Jugend

作　　者　赫曼·赫塞（Hermann Hesse）
翻　　譯　姜乙
封面設計　莊謹銘
內頁排版　高巧怡
行銷企劃　蕭浩仰、江紫涓
行銷統籌　駱漢琦
業務發行　邱紹溢
營運顧問　郭其彬
責任編輯　劉文琪
總 編 輯　李亞南
出　　版　漫遊者文化事業股份有限公司
地　　址　台北市103大同區重慶北路二段88號2樓之6
電　　話　(02) 2715-2022
傳　　真　(02) 2715-2021
服務信箱　service@azothbooks.com
網路書店　www.azothbooks.com
臉　　書　www.facebook.com/azothbooks.read
發　　行　大雁出版基地
地　　址　新北市231新店區北新路三段207-3號5樓
電　　話　(02) 8913-1005
訂單傳真　(02) 8913-1056
初版一刷　2021年11月
初版五刷 (1)　2024年8月
定　　價　台幣300元

ISBN　978-986-489-526-7

國家圖書館出版品預行編目 (CIP) 資料

德米安：埃米爾. 辛克萊年少時的故事(徬徨少年時) / 赫曼. 赫塞(Hermann Hesse) 著；姜乙譯. -- 初版. -- 臺北市：漫遊者文化事業股份有限公司出版：大雁文化事業股份有限公司發行, 2021.11
面； 公分
譯自：Demian : Die Geschichte von Emil Sinclairs Jugend.
ISBN 978-986-489-526-7(平裝)
875.57　　110015968